Make Lemonade

没有橘子，
就来颗柠檬吧

〔美〕弗吉尼亚·E. 伍尔芙 著

刘丽明 译

南海出版公司

新经典文化股份有限公司
www.readinglife.com
出　品

送给年轻的妈妈们

Part 1

第一部分

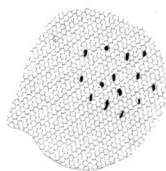

1.

我这里要给你讲的完全是故事发生当时的情形，

我把我能记住的所有细节都记录了下来，

其中也包括我不能确定的一些事。

不知你是否有过这种经历，有些事情发生的时候，

你不能肯定

自己是否真的明白它是怎么回事？

其他人或许会用不同的方式来讲述，

但我才是这个故事里的当事人。

好比一只鸟儿。一分钟前，

你见它刚刚从人行道上叼走了一个什么东西，

你所能记住的全部情景就是一只鸟儿吃着什么。

一分钟后，这只鸟儿消失在人来车往的街道上，

你在那里努力地回想，试图记起那只鸟儿的样子，

它尖尖的脚爪如何支撑着它的身体，

它的脖子是怎样前后抻动。

然而，那只鸟已经飞走了，而你是唯一能讲出这件事的人。

因为那只鸟儿曾经就在你的眼前。

我要讲的就是这样一个故事。

2.

我和我的朋友梅蒂、安妮一起到学校的布告栏去看告示。

那上面贴着的告示,

都是经学校办公室批准后放上去的。

有人需要一个打扫房间的人,或一个油漆房子的人,

有人要找人看小孩儿,或想要一个助理清洁工。

每张用人告示上都附着电话号码,

那些电话号码竖着印在告示底部,一般都是印十二份,

分成十二个小条。

你可以从底部撕走一条,拿回去打电话。

我的两个朋友都想找打扫房间的活儿,

可我却看上了一张写着这样几个字的告示:

急需请人看小孩儿。 告示一角的字迹已经模糊,

还打了些褶子。不过你还能看得出上面的字迹。

那上面的小条整齐地排成一列,全都挂在那里。

我见还没人碰过,便撕下了一个。

我照着号码给找人看孩子的这家打了个电话。

电话里的她,很快就用亲近的声音和我聊起来,

好像我们一定会成朋友。

她说，

她需要固定几个小时的时间。

我妈说我愿意打几个小时的工都可以，

但是必须得留出时间做作业。

对我妈来说，完成作业就和接种疫苗一样，

是一件一点儿不能含糊、必须做到的事情。

你要是见到我妈

你就知道我为什么这么说了。

这份照顾小孩儿的工作似乎挺不错，

我仍然有时间做作业。

她告诉我，她叫乔莉。

"乔莉？"我对她说，"我以前从来没听过这个名字。"

"那又怎么了？"她说。

我跟她说我叫拉芳。她笑了。

"拉乏……嗯。"她学着我说。

接着她又把话题转回到看孩子的事上。

我们都说对方的条件还挺合适，

放学后我会去她家

见一下她的两个小孩。

这时，那两个小孩已经在电话的另一头尖叫起来了。

3.

我按乔莉说的，到她住的地方去见她。

那栋楼看上去很破旧，

比我家住的那地方还差。

人行道黏糊糊的，

垃圾桶都没盖儿，一个没有牙的人

站在楼门前自顾自地说着什么。

这个乔莉的公寓里乱七八糟，一股怪味。

可是我很快就看出来，这是很多原因导致的。

"这是杰瑞米，他两岁。这是吉莉。"她一边说，

一边颠着胳膊上那个脏兮兮的小孩。

这时一小块黏稠的东西从那个小孩的鼻子里淌了出来。

乔莉飞快地从我身边蹿到厨房的案台旁，

抓起一块抹布，

给小孩儿擦鼻子。我低下头看杰瑞米，

他正从妈妈的身边走开，像所有刚会走路的孩子一样

踉踉跄跄。

他走到沙发那儿，把上面三个油渍渍的沙发靠垫

扔到地下。

这位乔莉上下打量了我一番，然后说道：

"你看着没那么有劲儿，

这两个孩子可都很沉。"

她是说我很瘦。

我所有的体育课老师都这么说过。

我对她说，我看着瘦，实际上却挺有力气。

她又从侧面看了看我，

对我说，原来给她看小孩儿的那个人

找到能挣更多钱的活儿而离开了。

我想什么时候开始都可以，但还是越早越好。

她要是明天或者后天还不回去上班的话，

就会丢掉她的工作。

她在一个工厂里上晚班。

她说："杰瑞米，叫'拉芳'好吗？"说着蹲下去看着杰瑞米。

杰瑞米几乎还没听到乔莉说的是什么，就回答说不要叫，

同时把他的手放到我的红色鞋带上。

我站在他们满是怪味的公寓里，

想象着今后在这里干活会是什么样：

我一个人在那里对付两个小孩，我现在就能看出来，

他们身上到处都有流出来的液体。

谈话中，我得知乔莉原来才十七岁。

像杰瑞米不肯叫我的名字那样，

我也可以很快地告诉乔莉我不想干这份活儿。

但是这位乔莉接着说道：

"我再也没法一个人对付这一切了。

你瞧，他们会把我开除的。我那份工作可是挺好的呀。

我去工厂干活，你来帮我看小孩吧。

杰瑞米和吉莉就全靠你了。

我真的没法一个人对付这一切。"

我一边听乔莉说话，

一边找机会扫视了一下她那脏乱的房间。

她又把最后那句重复了一遍。

这时发生了一件令我惊奇的事：

杰瑞米把他的小手伸到我的手上，正在往上够我的手指。

乔莉这时又说了第三遍：

"我没法一个人对付这一切了。"

我跟她说我想干这个活儿，但是我得回去问问我妈。

"你还得问你妈？"乔莉说。

我告诉她说，是的，我得问我妈。

这位有两个小孩的乔莉看着我，

她的那双眼睛正体会着"妈妈"这个词的意思。

她似乎在向我挑战，

我又一次告诉她，是的，我得问我妈。

她越过怀中小婴儿的头顶往我这儿看，

我说："别担心，今天晚上我就会给你答复。

我会打电话告诉你的。"

吉莉开始尖着嗓子大哭，

杰瑞米又在玩弄我的红鞋带，

我们在嘈杂声中费力地约好了给她打电话的时间。

乔莉送我穿过她那上了三道锁的房门。

我走到昏暗的楼道尽头时，

还能听见吉莉的尖叫声。

我看上去可能没那么强壮，

七年级在家政课上画图的时候，

我的头发被说成是

"紧贴在头皮上，一点儿型都没有"。

但正像人们常说的，人不可貌相。

4.

"大学"这个词就住在我家，
它就像房间里的一件家具，
你得绕着它走。

我先告诉你我上五年级时发生过的一段对话，
那会儿我妈还没有白头发呢。
那天我坐在厨房里的高凳上
切胡萝卜和芹菜。你要知道
这个切菜的活儿，对当时还是一个小孩儿的我，
还是挺大一件事的。
我妈在把其他的炖菜
一起放进锅里，
我想着白天在学校里看的那部电影。

那部电影讲的是大学里的生活。
校园里干干净净，绿草满园，
到处是盛开的鲜花，还立着一些狮子雕像。
你可以在那儿捧着书学习，到放着显微镜的实验室里
做科学实验；
你能住在学生宿舍，自己做爆米花吃。

之后你就毕业了，

毕业典礼在户外，你会戴上一顶学士帽，身着毕业礼服。

毕业后你会找到一份好工作，住在环境优雅的地方。

那里没有流氓团伙，周围的墙上也不会满布涂鸦。

就在我和我妈一起准备煲汤的时候，我挺直了身体问她：

"我长大后可以上大学吗？"

我妈立刻把整个身子转过来看着我，

她停下来，不再忙着炖菜，

她看了我一会儿，然后说道：

"我们这栋楼里还从来没有人"——

她手里拿着木勺把胳膊向侧面伸出去——

"进过大学，我们家也没有。"

接着她把头一扬，

肩膀和胸往后挺了挺，

气都没换，接着说道：

"什么事都得有人开头，对吧？"说完，她又回去炖菜了。

这栋楼里没人上过大学？要知道这里可有六十四套公寓呀。

我以前等那个吱嘎乱响的电梯时经常数边上的按铃。

六十四户人家，从来没有一个人进过大学。

我妈很清楚地跟我讲了一番话，我一直都没忘记，
尽管已经四年了：
"上大学可不是一件容易的事。
上大学需要两样东西，
一是钱，一是努力学习。我不知道还需不需要别的。
我没去过大学，所以不知道。
我认为最重要的是你不能半途而废，
你开始一件事就必须坚持下去。明白吗，拉芳？"

我告诉她我明白了。
"我们没有上大学的钱，拉芳。你知道吗？"
"知道。"
"你得自己挣这笔钱，听到了吗？"
"听到了。"自己挣钱，对我这个五年级的小孩来说
可是个全新的概念。
后来，大概就是那天晚上，
或许是另一天晚上，
她在跟我道晚安
并查问我是否做完作业的时候，
对我说："你要去上大学，这真是
这一生中最让我骄傲的一件事了。
真是最让我骄傲的一件事，拉芳。我得告诉你。"

又有一次，我记不得是什么时候了，

她上班前吹头发的时候

放大了嗓门对我说："拉芳，你还记得我跟你说，

我们没有供你上大学的钱吗？"

我转到她的另一边，试图压住吹风机的声音

对着她的脸大声说道：

"是的，我记得。"

她接着说："我想，我们会有一点儿钱。只有一点儿。

这钱主要还得靠你挣，我可以往里面存一点儿。"

她把吹风机甩到一边，关上，

又用她正常的声音说："你会让我骄傲的。

我们现在就开始准备吧。你可要按时上学啊。"

我提醒她说，我上学从未迟到过。

她说："拉芳，你一定得坚持下去。"

她果真在银行建了一个账户。

里面的钱很少，但那是上大学的钱。

她每次从单位领到工资的时候

都往里面放一点。

这也是为什么上大学这个词

总会在我家出现；

为什么我要帮人看小孩，

为什么我总是会完成所有的作业。

上大学能让我走出这里。

虽然我们不是每天都提起这件事，

但它是我们家的一件事。

我妈对这件事，上大学这个想法，

一点儿也不含糊。每次我表现得像是把上大学这件事给忘了，

她都会想办法提醒我。

我妈那个注意力可是，一集中起来，就多少年都不会散。

5.

坐公共汽车从乔莉家回我家的路上，
我一直想着用什么办法跟我妈讲看小孩这件事。
乔莉问我"你还得问你妈"时那副样子，
就好像她早就不管她自己的妈妈了，
就跟你把一件毛衣放在一边不要了似的。
但同时，这个词在她那里又好像挺危险，
她好像对这个词很怨恨。

我妈很大，是一个很强大的妈妈。我乘车回家的路上
练习着怎样和她解释我想干这个看小孩的工作。
到时候，我会坐在她放在厨房的那个凳子上跟她讲，
那个凳子就是为我们的对话而准备的。

大多数时候，我和我妈每天都有三次对话的机会。
早上一次，在她上班和我上学之前。
做晚饭时一次，
吃晚饭时还有一次。最后一次
往往是继续前面的话题。
然后是我做作业的时间，任何人都不能干扰我。
这个时候，我妈会处理她那些住户管理委员会的事情。

她是那个委员会的头头。

她要给委员会的成员们打电话；

她得把每次会上要发放的传单装订在一起；

她坚持给市长写信；

并且仍然相信她写的那么多信，

总有一天会得到市长的亲自答复。

她检查住户巡逻队的值班情况，

看他们是不是每班都安排了人，

保证不会有人进到楼里来

卖毒品或拉皮条。

你不能指望市里派来的人能帮你阻止这些坏事，

所以住户们只有自己组织起来。我妈从我很小的时候

就开始做这些事情了。他们有时会把一些大标语牌

一路扛到市政厅去。上面写着：

"政府公房不能保证住户的安全。"

于是市政厅理事会便会争论预算的问题，

我妈和其他住户管理委员会成员回来后

再接着开会讨论。

我妈那张桌子每晚都摆满了文件夹，

厨房的案板上还放着许多记录电话的小条。

她把精力都放在处理新近发生的问题上了，
没有时间再和我说话。
所以我通常只跟我妈说声晚安，
告诉她我已经做完作业，然后就上床睡觉。

当然她也一直在关注我。
她看着我刷牙，
看着我把第二天早上要用的书放到一起。
这些她都能注意到。她只是一直想着
管理委员会的事情。

我在公共汽车上演练怎么和我妈对话，
想着我妈会有哪些理由不同意，
我应该举出一些什么理由说服她。
我不会告诉她乔莉那一团糟的情况，
所有那些混乱都是那里的事。
我的理由是：
第一，我上大学的钱主要得靠自己挣。
第二，这份工作的时间合适，小孩睡觉后，我可以做作业。
第三，我以前给楼里的人看过小孩，我知道怎么干。
有个女人曾跟我说：
"拉芳，你很不错，懂得小孩的心理。"

第四，尽管乔莉又给小婴儿擦鼻涕口水，

又在那儿甩动头发，

试图不让我看清她的眼神，

我还是从侧面看到了，

她就像是看到一辆汽车不知从什么地方窜出来要撞倒她。

第五，乔莉一遍遍重复着

"我一个人没办法"时的那个音调。

我不会把第四和第五个理由告诉我妈。

那太复杂了，况且我妈会有她的看法。

我可以告诉她我的第六个理由：乘四路公交车坐七站

就能到看小孩的地方，很方便。

我也会告诉她我的第七个理由，那就是

杰瑞米自己走过来拉住我的手。

我下了公共汽车，走过半条街，

碰到一个在街道上巡逻值班的女人。

她对我点了点头，

我进到楼里。进电梯前

我看了看镜子，确认里面没有陌生人才走进去。

值班巡逻的女人很强悍。

她教那门专给女孩子开的自卫防身课。

我们楼里的每个女孩子都得上这门课，

但得等到十二岁才能去。

他们会给你毕业证书，办毕业典礼什么的。

我是两年前上的。

电梯吱吱扭扭、吭吭哧哧、踉踉跄跄地往上爬着，

再有八分钟，我就要跟我妈讲

我想给乔莉看小孩的那番理由了。

6.

"你知道我在找工作，记得吧？"

我坐在厨房角落里的凳子上说道。

我妈正往冰箱的蔬果盒里放橘子。

她顺手把亨氏巧克力粉递给我，

让我把它放到墙上的柜子里。

这是用来做热巧克力的。

我们家从来都只用这一种。

我妈不肯买速成的，

她说用速成巧克力粉做不出家的感觉。

"你今晚有多少页要做，拉芳？"

这就是我妈给我的回答。她指的是我的作业。

我告诉她有九页。

"你想听我说说这份我要是想要马上就能得到的工作吗？

是个看小孩的活儿，得照看两个小孩，在晚上。

有人看小孩，他们的妈妈就可以上晚班。

这两个小孩一个叫杰瑞米，一个叫吉莉。

我是他们主要的保姆。

我得负责他们的一切。"

从我妈的表情中，

我看得出她在寻找我话里的漏洞。

"我乘四路公共汽车坐七站地就能到那里了，很方便。"我说。

"那两个小孩儿都很可爱。"我接着说。

"挣来的钱，就像您常说的那样，给我上大学用。"我又说。

我妈从购物袋里拿出她买来做汉堡的肉馅，

把它们放到案台上。

她一只手指着汉堡肉馅，另一只手做了一个动作，

示意我过来洗手，和她一起

把汉堡馅做成一个个饼冷冻起来。

我拿出蜡纸，

把它裁成一个个小方块，用来包汉堡饼。

我们把手放到水龙头下，我妈在我们手上喷了些肥皂水。

洗完手，我们俩就开始做汉堡饼。

"他们都还用尿布吗？"我妈想知道。

"有一个是婴儿，就是那个吉莉，她得用尿布。

我觉得那个男孩可能也还在用尿布。"我说。

我妈抓起一团肉用手拍着，说道：

"那可老得换尿布啊，拉芳。"

她把肉团捏圆，拍扁，然后放下。

"也就是说，你得换尿布，还得给小孩儿擦洗、喂饭，

还得做你的那些社会常识课、数学课和其他课的作业。"

我把一块做好的汉堡饼摔到蜡纸上，说道："这些我都能做完。"

乔莉的那句"我没法一个人"在我的脑袋里不断地重复着，

我又抓起一团肉。

我妈深深地吸了一口气，又全都吐了出来。

她把肉饼也摔在蜡纸上，

用她的那种口气问道："布告板上还有别的工作吗？"

"有。"我回答说。我又跟她说了我看到的其他那些工作：

给房子刷油漆，到老人院做帮手，

为别人打扫房间，做清洁工助理等。

"小孩儿的妈妈是干什么的？"我妈想知道。

"她晚上在工厂干活。"

我一边集中精力做我的肉饼，一边回答。

我没说乔莉十七岁，也没讲她家有多脏乱，

或她的眼神是什么样。

"这个活要干一整个学年吗？"我妈问。

我告诉她是的，要是我做得好，暑假也能继续干。

我妈觉得这份活可以持续的时间很长，这一点还是不错的。

"杰瑞米，那家的那个小男孩，不等我看他，

就跑过来拉我的手。"我告诉我妈。

她手里拿着汉堡饼对我笑了。

"这倒是个挺好的开始,拉芳。"

这会儿,我看到自己在通往大学的台阶上攀行。

我想到自己可以去大学上课,能找到一份有技术的好工作,

此生再也不用住在需要保安巡逻,还要自卫防身的地方。

所以我接着说道:"你同意了?"

她说:"拉芳,这个活儿责任可是很重啊。"

我说:"这个我知道。我会把它做好的。"

我妈将对着汉堡肉馅的身体转过来,

把拿着肉饼的手伸到侧面,对我说:

"拉芳,要是你学习成绩下降了,到时候后悔了,

可别怨我。那样的话,你会抱憾终生的。"

我妈这么说,就意味着她快要同意了,我能听出来。

她把汉堡肉饼摔到蜡纸上。

"我可以打电话告诉她吗?她在等我的回话呢。"

当你急切地需要答复时,

偶尔也能从我妈这样强悍的妈妈那儿逼出一个答案来。

她看着我,知道我在给她施加压力。

她叹了一口气,甩掉手里的肉饼,说道:

"我同意,但是有条件。

我的条件就是,你要保持住成绩。

听见了吗？"

我告诉她我当然听见了。

"去打电话吧。"我妈对我说。我把手洗了，
就去给乔莉打电话了。

7.

那两个小孩，杰瑞米和吉莉

把什么东西都弄得乱七八糟、一塌糊涂。

他俩用手抓过的东西，你是绝对不想碰的。

他们做的是那个年龄段的小孩做的事，

那些事简直能让你发疯。

既然这样，我为什么还要一再去她家呢?

我听到有人说乔莉不能面对现实。

乔莉说:"那是你说的吗?

现实是，我有个小婴儿在我的衣服和鞋上又吐又拉;

有人通知我说要停电，

我的小孩只能用冷水洗澡，

我没法按时交房租。

现实是:我的小孩在这个世界上只有一样东西，

那就是我。这就是现实。

你还说我不面对现实? 你还说我不面对现实吗? "

我也不知道我为什么会坚持到她那儿去。

不过，有一天晚上，

杰瑞米被噩梦惊醒，吓得尖叫起来。

我过去把他搂在怀里，

他就不哭了。

过了一分钟，他才又哭了起来。

8.

梅蒂和安妮觉得她们的工作更好。

她们预言说:

"那两个小孩儿会生病的。"

"那地方肯定特脏。"

"你有可能拿不到钱。"

我到乔莉那儿去过四次以后,

梅蒂和安妮就看见我用午饭时间做数学题了。

她们都开始表明自己的立场。

"拉芳,这份工作不好。

你会累得保不住你的成绩。"安妮说。

"还是和我们一起干吧,干完活儿就能回家。

乔莉那儿的事,不像是一份工作。"梅蒂说。

她们讲这番话的时候,我已经想好该怎么做了。

不知哪来的力量帮我做了这个决定。就像攥紧的拳头那样,

我打定了主意要去干这份活。但是我没有跟梅蒂和安妮解释。

反正她俩已经告诉我

她们不想听我讲那两个小孩和小孩妈妈的事,

那个妈妈太小了,还当不了妈妈呢。

9.

尽管已经开始干这份工作，但我还是可以辞掉它的。

可是，就在我去干活的第一个星期，

我注意到了一件事情。

每次我把吉莉放在婴儿高凳上，

喂她需要加热的瓜果糊罐头时，

我都能看到一盆快要枯死的花木，

它垂下的一片叶子

悬在吉莉的头顶上。

而那个地方就在那片叶子上边一点。

我注意到的就是那个地方，

那片叶子的上方

有一个正在织着的蜘蛛网，

网上还没有捕捉到苍蝇或其他什么东西。

它只是一片带着空气的蛛丝。当吉莉大哭大闹的时候，

我觉得我的头快被她的哭闹撕裂了，

那蜘蛛网也会动起来，

只不过你很难看出来罢了。

它真的动了。

我不知道要是吉莉

懂得她那哀号居然能改变蜘蛛的整个生活方式，

她会怎么办。

10.

乔莉的房子里是这样一幅情景：
粘着面条的盘子摞在一起，
房间里闻起来像放了一周的垃圾，
屋子里到处摊满了东西，
我连一块做作业的地方都找不到。

镜子上涂抹着牙膏，
厨房的地板上印着我一个月前
洒在上面的菠菜泥。
我撩起客厅窗帘的一个角，闻了一下：
差点没被熏死。
你没法想象那个堵塞的下水管道里
都是些什么活物。
小婴儿吃饭用的高凳边角处
镶着人造黄油和发黑的香蕉泥。
而我在社会常识课的测验上得了一个 C－。

要是我能从这里走出去上大学，我就会有一份好工作。或许，
我会像学校的一幅宣传画上说的那样，上一所商学院。
我会在办公室上班，身上穿着你见过的那种西装外套，

我会有自己的文件柜，

自己的办公桌，放着自己的办公日历。

在日历的小方块里，你写上要做的事情，

这样大家都知道

"那是拉芳的部门"，

我就永远不会再见到像乔莉家这样的地方了。

我在镜子里看着自己的眼睛，

用一个指头把镜子上的脏东西

擦掉一点儿，

好把自己看得稍微清楚些。

可是，这反倒让我很害怕。

11.

我从家里带来了花盆、土和柠檬籽。

杰瑞米不懂我说的"等一阵子"是什么意思。

他不明白

为什么这柠檬籽到星期四还开不了花。

我对他解释了一番。

你要是想让什么长出来，

长出很漂亮的东西来，你看着它

会一整天都觉得高兴，

你就需要等待。

等待的同时，你还得一直给它浇水，

给它所需要的阳光，

并且

你还得跟它说话。

于是杰瑞米就在那儿说："嘿，柠檬，开花。"接着，他又说：
"开花啊。"他在那装了土的花盆前正襟危坐，

在那里看着。

我把吉莉放在胯骨上，从他的身边轻轻走过去。

吉莉身上和以往一样难闻。

她满手沾的不知是什么黏糊糊的东西。

我可以看见

这样一个轮廓：

紧靠着那烟熏火燎的窗户，

一个小男孩儿坐在一盆只有土没有花的花盆边上。

我猜他在那儿专注地看着或是祈祷着花儿生长。

12.

社会常识课上，我把一个国家的地理位置给弄错了。

我忘记了安哥拉在地图上的位置，

把它放到津巴布韦的位置上了，

所以我怎么也想不出来该把津巴布韦放到哪里。

它们都在很远的一块自成一体的大陆上，

我上美国九年级时把它们都搞错了。

我现在待的这间房子也是一块大陆，你该管它叫什么呢？

你又该怎么称呼它呢？

这两个小孩从未见过海洋，你又怎么和他们解释大陆呢？

你知道他们每天早上睁开眼睛看见的是什么吗？

他们看见蟑螂在墙上爬。

在这个屋子里连蟑螂都被挤上了墙。

你要是愿意的话，可以用蟑螂做名字。这里有一个蟑螂家族。

屋里的下水管还没通，味道快把人熏死了。

我又能说什么呢？

除了津巴布韦让我丢了几分，

我还做错了其他几个地方，又丢了几分。

我妈总会知道的，

那时候我就得辞去乔莉这里的活儿。

我的前景就会变成这样：

我长大了，没受过高等教育，总欠着房租，

终日看蟑螂爬来解闷。

13.

乔莉回家了。她有两天都没在家，
现在终于回来了。我本来应该在午夜前离开，
可她家里没有别人，
我只好留在那儿。
第二天早上还是没人，
所以我还得待在那儿。接着我又在那儿待了一整夜。

我整整一天都没去上课，这回老师们
可要毫不犹豫地在出勤板上记下一笔了。
生活是无情的，这就是你的作业，必须按时完成。

晚上很晚的时候，我给我妈打了电话，
她正在生气。我告诉她我得在乔莉家过夜时，
她回答说"仅此一次"，
声音中带着对两个孩子的怜悯和同情。

乔莉不知道她会离开那么长时间。
她连电话都没打回来一个。
她本来应该趁着有电话的时候通知我一声的。
由于她老是不交电话费，所以电话被切断了。

不过，她倒是付了我的钱。吉莉使劲地拽着我的头发，

把我的头发往她的脸上拉。她那小拳头像个扳子似的

不肯放开。

我一把她的手松开，她就大声尖叫。

可是，我觉得杰瑞米根本没注意到我要走了，

他还在柠檬花盆边坐着。

乔莉的脸色很难看。

但我没有问她怎么了。尽管我挺好奇，

我也不想知道是怎么回事。

我只知道我不想像乔莉那样活着。

没准她原来也是像我这样想的。

没有人告诉我都缺了什么课，

我又怎么补上那些课呢？

社会常识课老师对我说，我可以下课后留下来。

可是我得去乔莉那儿。老师看着我。

我几乎能看见她的脑袋里正上演着一部电影。

她把需要阅读的页码写到一张纸上交给我的时候，

我看不出她脑袋里那部电影的结局，

最后谁活着，谁死了。

我已经感觉到她的手

马上就要碰到我的肩膀，

可是我接过那张写着阅读页码的纸，

飞快地转身离开了。

14.

我看到只剩三张纸尿布了，于是说道：
"杰瑞米，你得学着像大人那样
自己上厕所。你现在是个大男孩了。
吉莉得用尿布，你不用了。我来教你怎么做。"

我还真不知道该怎么训练他上厕所。
既然电视能教人怎么鼓捣那个东西，
为什么就不能教人上厕所呢？那样他不就可以跟着学了吗？

我把马桶的盖儿打开，
把他的裤子褪下去，
对他说道："现在，来吧。"
他没撒。
我把水龙头打开，这个主意应该挺不错的。
可是，他没反应，走开了。我跟在他后面，
帮他把裤子提上。

只剩两张尿布了。
杰瑞米尿裤子了。我把他抱起来，
带他到水池子边，

给他清洗身体。

我洗了他的裤子，

洗了地毯，

洗了我的手。

我没有呵斥他，尽管我很想那么做。

我跟乔莉讲了没有尿布的事。

她去弄来了一些。

我得复习考试，

没法为杰瑞米的事操心。

你猜怎么着？我三门考试有两门得了 A 减，

就因为我坚持学习。我是我们那排座位上

唯一一个答出了达喀尔的。在乔莉那儿，我仍然需要

教会杰瑞米自己上厕所。我下定决心要把这件事办成。

你应该看到我下了决心以后是怎么行动的。我是这样开始的：

"杰瑞米。这是尿盆。那是你撒尿的东西。

你得站在这个尿盆的边儿上——

就在**这儿**——然后你得用力，好让尿出来。"

杰瑞米看看尿盆，

又看看我的脸，

脑子转了好一阵子。

后来，他真的在那儿尿尿了。

我跟在他的屁股后面，再一次帮他提上裤子，

我没有斥责他。

我在数学课上得到了一份警告，

所以有两天我没到乔莉那儿去。

等我再去那儿时，我看到那摞尿布少了很多。

我猜想，乔莉大概还是愿意让杰瑞米用尿布。

杰瑞米在那里对着种柠檬的花盆说，

"这是尿盆，你就站在这儿。

现在你尿尿。去尿。"他还真的用手指比画着。

我把吉莉紧抱在胸前，不想让杰瑞米看见

我在笑他。我怕我会笑出声来。

吉莉爬到了

厕所马桶的后面。

所以我把她连同她的玩具一起放进洗澡盆里。

我一边用手抓着她给她洗澡，

一边唱着"鲸鱼来到腿上"那首歌。

就在我试图洗掉她脸上那些脏兮兮的东西时，

忽然听到背后的马桶盖咣当响了一声。

我立刻转过头，看到杰瑞米正光着屁股，

迈出厕所的门。他的裤子拖在脚面上。

我没法让吉莉一个人坐在澡盆里，

只好飞快地把她抱起来，拿浴巾包上，再去看马桶。

没错，里面的水是应该看到的那种黄色。

我带着吉莉跑出浴室——

我和吉莉组成了一个庆功小团体，

一路小跑，直奔厨房。

杰瑞米把手伸到花生酱里，

他的裤子还拖在地上。

我们看着他。"杰瑞米，"我严肃地说道，

"你现在把裤子提起来，你是个大男孩了。"

他看着我和吉莉，

把手上抓的花生酱放进嘴里。

我把吉莉放到我的胯骨上，

用浴巾从下面兜住她的屁股，

然后弯下身子去提杰瑞米的裤子。

吉莉顺着我的肩膀倾斜着，

就像一个书包，上面长着一张脸。

我在下面，

可以从侧面盯住杰瑞米的眼睛。

我对他说："你自己在尿盆里尿尿了，对吧杰瑞米？"

我想让他承认。

他直视着我，然后瞅着吉莉，

最后视线又回到了我的身上。

我说道："好样的，现在，你是个大男孩了。"

我们俩彼此望着，这中间的那个巨大秘密，

只有我们两人知道。

他很聪明，非常严肃认真地对待这件事，

按照他该做的那样，

推开了我的手，

自己一个人把裤子提上来了。

当然，那裤子歪歪扭扭的。

过了整整一个小时，他才感觉出自己的裤子不对劲。

15.

乔莉流着血回到家来，
她说她没有父母。
我说："世上不存在没有父母的人。"
"那我就是你说的那种不存在的人，"她说，
"因为，我就是没有父母。"她脸上到处破了皮，
像是被擦菜板搓过似的，
看上去像是擦过的奶酪。

乔莉按门铃的时候我怀里正抱着吉莉，
她一看到妈妈的脸就尖叫起来。
她妈妈满脸是血地突然进门，
我已经来不及遮住她的眼睛。
杰瑞米跑去拿毛巾，他以为
毛巾可以治好他妈妈。
他还只是个小孩，怎么可能知道
人间的各种毛病和麻烦，
是不可能用毛巾来治愈的？
那是大街上发生的事情。我没有把这些话说给杰瑞米听。

吉莉在那里大哭，乔莉在流血，

我问乔莉要她父母的电话，

杰瑞米把一条毛巾递到乔莉的肚子上，

恳求她把毛巾放到脸上。

乔莉站在我们中间，

双眼紧闭。

这时，我的眼睛捕捉到这样一幕：

一只蟑螂在往台灯上爬，它不紧不慢地爬着，

它的前面有一只小蟑螂，

正在往灯的顶部爬去。

在这盏灯的光线下，它们的壳一闪一闪地发着光。

它们朝着有光亮的方向爬去。

只是有那么一小会儿，我走了神，看着那两只蟑螂。

我的注意力很快又回到眼前这些人身上。

乔莉将吉莉从我身上接了过去，把她搂在脖子上。

杰瑞米跳着躲开了吉莉那双乱踢乱打的脚。

他在琢磨着应该怎么处理自己手中的那条毛巾。

我环顾了一下，整个房间里

只有我没在哭。

于是，我走开了，去取冰块处理乔莉的伤。

16.

尽管我很不情愿，

还是打电话叫来了我妈。

谁让乔莉没妈妈呢。

我妈来了，带着急救包。

"这些东西你一样也没有吗？

你的医疗保险是哪家？

你打过破伤风的针吗？

是什么人把你推倒了吗？"我妈不停地问着乔莉。

说"推"字的时候，她的声音好像在撞这间屋子的墙。

乔莉背靠水池子站着，

脸上敷着冰块，

看着我妈在那儿翻找东西，

眼神一片茫然。

她又换了另一条腿，靠在那儿站着。

我妈啧了一声，

顺便用她的大拇指甲尖

从炉子的角落抠下一块儿脏东西。

她的脑子正在记录着在这个房间里看到的一切。

我都能想象出她那张列着脏东西的清单。

"好吧，"她开始了她的演讲，

"我今天就来充当你的亲人。不过只有一天，

乔莉小姐。你需要对自己的生活负责，姑娘。

这就是你需要做的。"

我妈在告诉乔莉她应该怎样生活。

"现在，"我妈说着，

走向看着她的乔莉，

"把你的脸转到我这边来，让我看看该怎么处理。"

乔莉脸上的冰块慢慢化成水流下，

乔莉跟着我妈的脚步

走到了有光亮的地方。

水池的水龙头打开了，

我能看见乔莉的面颊

枕在我妈的肩膀上。

她脸朝上仰着，静静地躺在那里，

等着接受治疗。

我妈回家后，在厨房里

告诉了我她的想法。

"拉芳，那个乔莉几乎还是个孩子。

她居然没有医疗保险。

她需要对自己的生活负责。她的生活也太糟糕了。"

我妈的这些话让我一下子很生气。

她根本不知道乔莉有多努力。

不过，我在内心深处还是赞同我妈的说法。我盯着我妈，

看她是不是还要唠叨乔莉，

就像她平时唠叨住户管理委员会那样。从她的表情看，

她不像是还要接着说下去。

我记得高二的学生怎么看高一的学生，

根本不把他们放在眼里。

我也记得高一的学生怎么对待八年级的学生。

我妈看待乔莉，就像是那种态度。

你瞧不起某个人，庆幸自己不是那个人。

"拉芳，"她说，"要是我知道她这么——"

"要是你一开始就告诉我——"

可是，她的口气一下子又软了下来，说道：

"哎，你可给她帮了大忙了，是吧拉芳？"

我说是的，我在尽力帮助她。

"有的人把自己的床铺得乱七八糟的。

他们只能躺在那乱七八糟的床上。"

她说这番话的时候，

用的完全是妈妈们常用的那种口气。

她怎么会刚刚还在满心同情地可怜一个人，

这会儿又立刻使用这么无情的口气呢?

17.

"我们把这里清理一下。"

我再到乔莉那儿看孩子的时候对杰瑞米说道。

杰瑞米不解地问道："清理？"

我嘴里咕哝着"不能算是清理"，

顺手递给他一块干净的海绵。

我妈让我从家里带来了整整一打。

"像我这样在肥皂水里先挤一下海绵，"我把他的手和海绵

放进装着肥皂水的桶里，一边对他说道，"现在开始擦洗。"

然后我把他的手放到地板上。

我自己去擦椅角旯那些最脏的地方。

我和杰瑞米静静地擦洗着，你会觉得

我们在从事一项世界级工程。

我们仿佛在发明望远镜，

或是在建造一座希尔顿饭店，我们干得那么全神贯注。

听着海绵和肥皂沫在地板上擦拭的声音，

你会觉得我们干得很专业。

我做给杰瑞米看，怎么蘸水，怎么挤水。他很喜欢。

我换水时倒掉的那水，你肯定不想知道它的颜色，

以及上面漂浮的都是些什么东西。

我们一共用了六桶带肥皂的热水，最后地板上

仍然有我们的脚印。但是，现在你能看出点蓝色了。

我们的手泡得发胀，

肥皂水的味道让我们的鼻子都通气了。

杰瑞米一直待到我们干完活儿。

我告诉他，他是个好孩子。他说他知道。

"当然是个好孩子了。"他说。

我想深挖他的脑袋，找到一些具体的线索，

看看他是怎么知道的，他为什么这么肯定。

"为什么是当然？"我问他，此时我仍蹲在地上，

擦着炉子的下角。

"当然。"他又说，还把他的手举起来跟我击掌。

"用五个手指。"他说。这个小家伙，他甚至连三和四

都不会数呢。

18.

"现在你得学会怎么铺自己的床。"我对杰瑞米说。

他站在那里听着。"我们把毯子从这儿抻开。"

我做给他看。

他蹲在那儿又抻又拽，我俩一起把毯子差不多给拽直了。

可是毯子下面鼓起一个大包。

"我们得把那座大山搬掉。"我跟杰瑞米说。

我们又把毯子铺了一遍，

把下面的毯子和床单弄平整，

然后再铺上面的毯子。

他的手拽毯子和举毯子都挺有劲的，

那是一双圆乎乎的小手。

"你给自己铺床是出于自我尊重。"我说给他听。

他奇怪地看着我，解释道："铺毯子。"

我没有说什么，从地上捡起他的枕头递给他。

给他之前，我先用手把上面的灰尘拍打干净。

"这个该放到什么地方？"我问他。

既然他觉得自己那么聪明。

"毯子上。"他说道。然后他把枕头放到该放的地方，又把头枕到上面。

他面朝上平躺在床上，

双脚整齐地伸到床外。

"好了，"我对他说，"你很尊重自己，给自己铺床，

铺毯子。"他把双手合在一起，假装在那儿睡觉。

他紧紧地眯着眼睛，

头一起一伏地点着。

同时他骄傲地平躺在那儿，

尽管我的话他一点儿也听不懂。

19.

一天早饭的时候，我妈用她那特有的声音叫我。

"维纳·拉芳。"她叫道。

在她叫我全名的时候，你就能听出来

她是把我当成了一扇窗户，

透过我，她可以看到养育她成长的那两位姨妈。

她在给我起名字的时候，不知道该选哪位姨妈的名字，

所以就把两个人的名字都用上了。

"维纳·拉芳，"这一次她又这样叫我，

"那个乔莉用她自己的事把你给缠住了。"

我看着我妈。

"你整天和她泡在一起，

她可不是个好榜样。你懂我的意思吧，

维纳·拉芳？

外面有的是工作，你可以去找找。"

这时，我忙着在脑袋里搜索对策，就好像试图在抽屉里

寻找一双合适的袜子。

你开始做一件事情，就应该把它做到底；

你应该帮助那些需要你帮助的人；

你应该挣钱，存起来准备上大学用；

你应该像人们说的那样，守住你生活中重要的东西。

我在我的脑袋里寻找着那个正确的答复。

可我脑袋里蹦出来的却是下面这幕场景：

乔莉家电视机的影像定不住，

一天晚上我们把电视的声音关掉，自己猜里面的内容。

电视屏幕上翻滚着一条条横码，

我们用不同的嗓音代替里面的人编着播音的内容。

乔莉扮的是播天气预报的那位男士。

她用低音贝斯般的嗓音说道：

"从东北部刮来的强风，

会把整个世界吹上天空。

世上所有的东西正在以越来越快的速度，

消失在宇宙中。"

我扮作播体育新闻的人说道：

"今天的比赛中，每个人都打了全垒打，

所有的球都上了天，一个也没落下来。

请别忘了买这辆崭新的小汽车，

首付免交，钱款可等到，

等到……"

乔莉为我接下去说道：

"等到您想支付之时再支付。

我们只是不停地给您增加亿万倍的利息。

噢，你瞧那辆新车来了！

哎呀，我的假发

飞上天了……"

我们俩一起大声傻笑。

杰瑞米和吉莉都睡得很沉，没有被我们吵醒。

充填沙发的那些小海绵球随着我们的笑声飞了出来，

整个世界都没法阻止它们，

只能看着这些五彩缤纷的小球飞上了天。

它们就像飞舞的蚕丝，像不息的火苗，像一个玩笑，

没法控制。

我当然不会告诉我妈这些。

"您讲得有道理，"我对我妈说道，

为的是让她别再对我穷追不舍，"我会小心的。"

"这就对了，"我妈说，"你还得上大学呢。"

"我知道。所以我才去干这份看小孩的活。"我一边说，

一边往我的鸡蛋上撒些胡椒粉，把它吃下去。

那天晚上我们在那儿扮电视播音员，真的太好玩了。

或许那只有几分钟的时间。但是，

在你如此尽情欢笑的时候，

在那一刻，这个世界上谁也伤害不了你，

不管他们想把你怎么样。

20.

我试着想象没有爸妈的乔莉，

没有父母，一个也没有的乔莉，是怎样的一种感觉。

我在床上做数学作业，

用我们在数学课上的说法，做得很烦。

我扔下铅笔，把头朝后仰，漫无目的地看着四周。

棚顶的天花板裂开了一块，往下垂着，

像是一张撕坏的纸。

裂开那块的正反面，

可以是完全不同的两个世界。

它伸出去像一棵树那样吊着，

恰好没有遮住窗户。

有时我不知道我记得的真是那一天，

还是我记住的那张照片。

照片上是我爸、我妈和我，

还有一个装满野餐食物的大袋子。

我们一起靠着一排栅栏站着。

我一副小孩儿那种不老实的样子，拧着身子

站在我爸爸和我妈的中间。

我在冲我爸爸笑着。

他一定是在按下快门之前，

正在讲着什么好笑的事。

我妈也在笑着。

要是你觉得照片上那个

只穿了一件小汗衫和一双小运动鞋的我，看上去很小，

你就想象得到对我妈来说那该是多久以前的事了。

那上面的她穿着短裤，在阳光下开心地笑着，

好像这世上什么烦恼也没有。

在照片的底部，你可以勉强看见我的左手，

那只小手在我爸爸大大的右手中显得那么小。

我爸爸正在说话，

他的嘴半张着，像是那句话永远也没说完。

我爸爸长得真的很精神。

我几乎觉得自己记得那次野餐。

但也可能只是我记得那张照片。

我爸爸在我的脑海里留下的只是些支离破碎的记忆，

就像你在家政课教室里看到的那些小碎布头。

那里没有整块的布料。我的脑海里，有时候

会闪现出一点点印象，比如说，他脸部的某个地方；

有时候可能是他的手；

有时候只是街角的某种味道让我想到他，

我会马上跑过去，到街角那边去寻找。

转过街角它就消失了。

但是，我知道我爸爸在那儿。

他和我只有一步之遥，

从我的身边走过，

留下了他的味道。

他已经走了。有时候，我会真的跟着走过去

走到本来我没打算要走的街道去找他。

但是我从未碰上他。

21.

"有一个小女孩，

她长了一头卷发。"我唱给吉莉听。

你真的无法相信小婴儿会做些什么。

他们一旦会爬，便哪儿都去。

废纸篓，垃圾箱，你最不想让他们去的地方，

他们偏偏会出现在那里。

至于她自己身上，

你不知道她是怎么把那么多脏东西都弄上去的。

西红柿酱，头发，咖啡渣，蛋黄酱，

就好像哪个画匠往她身上涂了这些东西似的。

她还总是给杰瑞米捣乱。

杰瑞米刚刚快要把谷仓拼版拼好，

吉莉趁着他的眼睛往别处看的时候，

把整个拼版翻了过来。

她会推倒杰瑞米搭的积木。

她不让杰瑞米的耳朵闲着，

总是吵着叫他。

她也总是往上看。好像在说，为什么不呢?

吉莉没受过教育，就是这样。

当她表现好的时候，

她会坐在小推车里拍打杰瑞米的手。

她像小宠物那样，蜷曲着身子

躺在我的手臂上睡觉。

这时，她的眼皮彻底休息了。

要是你在一个星夜里，

站在乡间的草地上，

将她的身躯往上抛，这小身躯就能飞到天上去。

她的小嘴一张一合地吃香蕉的时候，她是那么高兴。

你完全可以编一首歌，

来描述香蕉是怎样让她

变得比盛开的水仙花还美丽。

她看到蟑螂时眼睛会睁得极大，

好像见到了客人。

她乖的时候，甚至会喜欢这样的虫兽。

她在洗澡盆里的时候，胖乎乎的小身体都会闪光。

"就在她的额头中间。"我一边对她唱，

一边摸着她的额头。你可以说卷发是她的特征。

她的头发弯曲着，

朝前打了两个卷。

在合适的光线下，那个卷甚至会在她的脸上投下一道影子。

她躺在我的胳膊上，笑着听我唱歌，

就好像我刚刚给她讲了很好笑的事。

"她表现好的时候，

真的很乖很乖。"我对她唱着，

想着她过去和现在的良好表现，

主要是那些友好的表现。

要知道，杰瑞米此时一直在密切地关注着我们俩。

他也去摸自己那没有遮挡的额头。

他认真地听着我唱歌，

想知道这首歌最后的结局是什么。

我又想起吉莉干的那些捣乱的事。

那些都是正常时候的你不想去碰的东西。

就像上厕所用过的手纸。

于是我加重了语气唱道：

"她表现不好的时候，

又真的很可怕。"我将最后那个词唱得尤其用力。

这段歌词让她警觉起来。

她异样地看着我，那是一种探究的眼光，

我知道她正在把这些事装进她自己的柜子里，

准备以后翻出来用。

我给吉莉唱歌的时候，
没有去想她哥哥会有什么样的想法和反应。
这是后来发生的事，换了一个场景。我坐在椅子上
做我的数学作业，满心以为他们两个都睡着了。

这时杰瑞米走进来。"你看。"他说着，
手举在那儿，握着一把东西。
他的话音未落，
从吉莉的床头传来她的尖叫。
杰瑞米那自由女神般举着的手中
是一撮头发，剪得整整齐齐的。
我飞快地看了一眼他的头，
他这个年龄怎么弄到剪子，
他剪了什么，
哪里出血了，
我要不要叫救护车？
所有这些问题同时涌进了我的脑子。

不过看到他的脸又听到吉莉的尖叫，
我心底里就明白是怎么回事了。我完全明白了。

我飞奔到他们俩的卧室里。

我还需要告诉你们吉莉看上去是什么样吗？

乔莉一定会极度气愤，我知道她会的。

"杰瑞米，我真**不相信**你会这样**对待**

你的**妹妹**。"

我手上抱着吉莉颠着，我的声音在空气中回响，

好像我正将她从街头的一场革命中解救出来。

"可怜的小**东西**，"我号啕大哭着，

"你差点没把她**杀死**。"

我的心在吉莉的脸边跳动着，

我用眼睛狠狠地盯住杰瑞米。

他看着我，在给我发送着一封电报：

要是吉莉女士没有了特殊的卷发，

她就不会做那些捣乱的事情了。

我是个英雄，

你怎么竟然不**明白**。

我一下子彻底明白了一个道理，而且终生都不会忘记：

在你表扬一个小孩之前，一定要先停下来想一想。

每一次都要停下来想一想，
想想你的决定会有哪些后果。

我左手上下颠着吉莉，
右手抓着杰瑞米的手，
走了二十步，
我看着他另一只手里的头发，
我们一起来到厨房，
我切了一个他们最喜欢吃的橘子，
我们每个人都吃了一些。

22.

有一天乔莉问起我爸爸的事。

他在哪儿，我是否有爸爸。

生活中人人都会在某些时候被问及这些事。

我不想把我爸爸怎么死的事，

全都告诉乔莉。

你爸爸怎么死的，

不是一件随时能拿起来说的事。

那是一件很沉重的事。

我在学校上了一门"蒸汽课"，

课上，他们教导你为什么不需要为你的负担自责。

你的负担不是你的错。你没有制造这些负担。

你只是在承担这些负担。

对我的朋友安妮来说是她父母两次离婚，

对梅蒂来说是她家里那些和毒品有关的事情，

对我来说是我爸爸的惨死。

我不想告诉乔莉

那些黑帮团伙和我爸爸是怎么在球场里遇上的。

我爸爸正在和朋友们打篮球，

黑帮在那里火并，

把我爸爸给误杀了。

我妈后来告诉我说，最让她气愤的是：

我爸爸一辈子都拒绝参加任何黑帮团伙，

尽管他完全可以加入一个。在他家那里

加入黑帮团伙是一种风尚。

但我爸爸只参加体育活动，还加入了球队。

他们的球队得过一个市里的奖杯。

可是就在社区娱乐场的篮球架下，

黑帮团伙的枪把我爸爸给错杀了。

那枪本来清清楚楚地瞄准了对面的一条小巷子，

可是子弹却射中了我爸爸。

我只告诉乔莉，我爸爸在我很小的时候就死了。

乔莉伤心地看着我，

她对我说："这太惨了。"我说的确是。

我那时还很小，但我也去了葬礼。

有时候我妈会说，她不知道

带这么小的小家伙去参加葬礼，

看我爸爸躺在一个紧紧关闭的盒子里，

这样做对不对。

我告诉我妈这样更好，

不然，我会永远在那儿猜测我爸爸去哪儿了。

我告诉乔莉我参加了我爸爸的葬礼。乔莉说，

她也参加过一个葬礼。

我问她是怎么回事，

因为我不太喜欢参加葬礼。

她解释说，

"那是我认识的一个盒子里的男孩。他吸毒死了。

他死后，他的爸爸妈妈来了，

决定要给他办个葬礼送行。

我去了。"我问乔莉什么是盒子里的男孩？

"我们有盒子里的男孩，也有盒子里的女孩。

我们都住在大减价零件商店后面的公路桥下

存放的盒子里。

我当时立即问她，她是否真的在盒子里住过。

"是啊。装冰箱的盒子。我们都这么住。"

她惊奇地看着我的眼睛，

继续说："有人就是住在盒子里的，拉芳。

你以为每个人都有房子和妈妈吗？

刚开始的时候，你觉得你的盒子还挺好玩。

夏天的时候，还挺不错的。

我们一起玩牌，一起到垃圾箱里找东西。

后来就不那么好玩了。

就好像发生任何事情，也引不起你的兴趣了。

那都是别人的事，你懂吗？

挺可怕的。

我们谁都没有父母。那个丹尼，

就是我参加了他的葬礼的人，

他倒是有父母。

但是他们在他吸毒过量死了以后才露面。

他们把鲜花摆得到处都是，

还给躺在棺材里的丹尼化了妆。看得我直想笑。

他看上去像个娃娃似的。"

我大声对乔莉说，她这样说死了的人不好。

乔莉说："有一件事情是肯定的，

你知道丹尼的一切都结束了。

你永远知道从那天以后他去哪儿了。"

就这样我们结束了关于生与死的对话。

我知道乔莉有太多的负担了，无以计数。

我呢，我有一个很大的负担，但是至少我曾经有过爸爸。

那个把枪瞄错了方向的人被关进了监狱。

他在里面待了一阵子，

当然又被放了出来。我希望我永远不会再看到他，

我也故意没去查找他的名字。

23.

吉莉不肯睡觉，她知道有事要发生了。

女孩子有第六感。

我带着她在过道里来回走着。

那些蟑螂以为我们在巡逻，

都藏了起来。

某种可怕的事情就要发生了。

好像岩浆无声地从某座山上流下，

而谁也不知道这岩浆到底有多少。

吉莉没有一点儿睡意，

我就和她一起坐进浴缸里洗澡。让我换个话题，

说说我和吉莉一起洗澡的事。

这就像你到了一个生活在温暖地带的部落里，

要参加他们的仪式。她会坐在那儿往我脸上擦肥皂泡，

嘴里发着小婴儿的那种咕咕的声音。

整个洗澡间里都是这种声音。

好像她在给火星上的人

发送信号。

吉莉的感觉没错，是有事情发生了。

当乔莉一脸沮丧，踉踉跄跄地走进门来，

我们俩已经洗干净了。

乔莉走进来时，像是被人给打得不成样子了似的。

你看不到血，但你看到的她比浑身流血还糟糕：

她满脸恐惧。

不知你可曾见过处在深深恐惧中的人？

你是否见过他们那种斜侧着身体的姿势，

好像要藏在自己的皮肤后面，

换一个别的名字，逃过一整座城市。

杰瑞米想给妈妈看他用滑稽橡皮泥做的鼻子。

她把他放在大腿上，

但我不知道她是否意识到杰瑞米正在那儿坐着。

杰瑞米用他的脚敲打着沙发破裂的地方，

里面的小碎渣跳了出来，飞到空中。

"我完蛋了。"乔莉说道。紧接着她又翻译道：

"被解雇了。"

我眼前立刻出现了一幅场景：

需要到商店里给杰瑞米和吉莉买的食品，

都不能买了。

吉莉得马上学会自己上厕所，

因为再也买不起尿不湿了。

连洗涮用的肥皂都买不起了。

这里依然很脏。

然而，就连厕纸，你也得有钱去买才行。

一想到有这么多需要做的事，我的心里就一阵翻腾。

乔莉想要给我解释是怎么回事。

我需要集中精力，认真地听她讲。

"他说，我的工作干得不好。

可是我干的，和她干的，或是另一个她干的，看起来都一样。

我看不出有什么区别。

你只用眼睛看，根本看不出是她做的，还是我做的。

同样的机器，同样的产品，我们做出来都一样。

我做的每一个都标上了我的号码，

他们要是想检查，是可以查出来的。"

乔莉用手比画着，她的拇指伸在外边，

告诉我她说的是哪个女工，

是生产线上，在她前边的那个，还是在她后边的那个。

她一边说，一边喘着粗气。

她说话的时候，杰瑞米坐在她的大腿上仰望着她，
眨着眼睛，思考着。

他全神贯注地盯着妈妈的嘴里。

"那不是我干的活儿。"乔莉说着。

吉莉开始在我的胳膊里哭起来。我来回摇晃着她。

乔莉和我互相看着对方的脸。

吉莉也懂得这句话的意思。

我和一直盯着妈妈嘴唇的

杰瑞米一样，

这会儿也开始感到好奇了。

"那不是我干的活儿。"她又重复了一遍。

我和吉莉从她身边走开，又走了回来。

我在那儿摇晃着号啕大哭的吉莉。

透过吉莉的哭叫，我看见乔莉的嘴变得更尖刻；

我看到她在对什么表示着憎恶。

"怎么？什么？乔莉？怎么回事儿？那不是你干的活？

乔莉？"

我很快就发现，我问了一个很蠢的问题。

吉莉显然已经知道了，她狠狠地大号了一嗓子。

我真想用力堵住她的嘴，让她别哭。

但我只是换了一只胳膊抱她。

"在他办公室的后面，

放着一个壁柜的地方。

他把手伸进我的衣服里，使劲往上摸，

他的动作是那么快，我还没来得及看清他的手呢。

他把他那满是臭味的湿嘴往我的脸上舔，

他用他的那个玩意儿顶着我的牛仔裤，

我不知道他用多少只手在忙活，

没准儿他是多长了一只手。"她看着我们仨。

"我让他住手。可是他的手却不停地乱窜。

他整个身体都扑上来，

我把一支铅笔扎进他的手里，

把他的手扎出血了，

他对我说我会后悔的——"

乔莉这会儿满嘴都带着厌恶的毒汁，

你现在可不想跟她打交道。

可是，她想知道我的想法：

"我是不是应该在身上写一句**标语**，

上面写着'**男人不许接近我**，

看，你们已经把我糟蹋成什么样子'？"

吉莉尖叫着表达她的意见，

杰瑞米则盯着妈妈那上下不停晃动的脸。

我把仍在尖叫的吉莉放到我的臀部上。

乔莉的声音这时变得很坚定，像汽车上的铸铁一样：

"我要去告他。"接着，她的声音又弱了下去，

整个人也更加站不稳了。

这时杰瑞米抱住了她的脖子。

乔莉用几乎听不见的声音说道：

"我需要一份工作。"她又说："你告他们的状，

你的工作就永远没了。"

"你现在已经没有工作了，"我对她说，

"你反正已经被开除了，还怕什么呢？"

她没有回答我的这个问题。

这会儿吉莉马上就要睡着了，她几乎是哭够了才睡的。

她带着泪水趴在我身上。

她知道的事太多了，已经累了。

她的眼睛像丝绸做的窗帘，

随着脉搏而跳动，

很平和，很柔软，

也很缓慢。

"他有后台，好像人们是这么说的。"

乔莉对我宣布说。

"后台是什么意思呢？"我问她。她说：

"你把我给问住了，我不知道。

我是在卫生间里听一个女人这么说的，

说他有后台，你可别惹他。"

我不喜欢看乔莉脸上闪现的那种无助的仇恨。

她比我大将近四岁。

我告诉她："你刚开始说得对。

是的，你可以把他的行为汇报上去。

我现在送吉莉上床睡觉。"

她鞋边的地板上放着一本书。

我把书捡了起来。她的腿正靠着杰瑞米的腿，

我差点将书甩到她的膝盖上，同时说道：

"拿着，你给杰瑞米读吧。"这本书讲的是一辆红卡车的事。

"他们甚至都不会去想你愿不愿意。"

乔莉说着，声音很微弱。

"你是说老板们？"我问她。

乔莉用敌视的眼光看着我。

"你难道什么也不知道？"她说。

我和吉莉走出了这间屋子。

我给她换了块尿布，帮她洗干净后，

又在她的私处擦了些爽身粉。

她很平静，半睡半醒地对我哦哦叫着。

我告诉她，她的私处是她的隐私部位，是她的一部分，

它很珍贵。

不要让任何人，不管是什么人，

去接近这个部位。

除非她知道那个人爱她，会同她厮守一辈子。

不知道怎么回事，

我对"手指老板"的一腔激愤，

竟然令我的心中升起了一股对吉莉的柔情。

我可以整整一夜把她紧抱在怀里，保护她，

而不会感到累。

24.

乔莉被解雇了，也就意味着我失去这份看小孩的工作了。
我又回到了原点。我妈对我摆出不高兴的脸色。

不过乔莉现在是气愤透顶了。她决定去告她的老板。
我让她气愤，他的老板让她气愤，
她自己的恐惧也让她气愤。她的恐惧是害怕没有工作。

接下去的三天，
乔莉给她干活的工厂打了十一个电话，
状告她的老板在工作时间的行为。
我之所以知道，是因为她每天晚上都跟我汇报。
她是在我妈那些住户管理委员会电话的空当中
才打进来的。

"这次是他的另一位秘书接的电话，不是前面的那一位。
这位秘书不让我和她老板的老板说话。
他总是开会不在。她老是说，
'你说的是哪件？'
而且每次都这样把嗓门提上去。
她每次都假装是第一次接我的电话。

他去开会了；

他刚刚离开办公室了；

他去参加一个年会了；

他去吃午饭了。无论如何，你就是找不到这个人。"

我把乔莉的情况跟我妈说了。

我妈是这么说的："那是性骚扰，

乔莉得找一个律师。"

"找律师？"我说，

"她家里连买瓶百事可乐的钱都没有。"

"她有证人吗？"我妈问。

"有我，只有我。我看见乔莉回到家时的那个样子了。"

"我说的是这件事的证人。"

"这件事，"我说道，"你指的是她老板在她身上乱摸，

她用铅笔扎她老板的手这件事？"

"我说的就是这个。"我妈说。

乔莉说当然没有证人了。

她说这话的时候就好像我是个傻子，

在那儿问一件我已经知道的事。

乔莉又打了三个电话。

有两个电话是秘书甲接的，一个电话是秘书乙接的。

她打电话问我

能不能在她找工作的时候帮帮她。

我去了。我和乔莉一起坐下，

我们列了一张单子。

杰瑞米起先要坐在我的大腿上，后来又变卦了。

他在一边叮叮咣咣地玩着他的锅碗瓢盆，

又拿来四本书让我给他读。

我一边和乔莉写她的单子，

一边尽量地给杰瑞米读他的书。

25.

这个单子实际上是好几个单子。

再到职业介绍所去一趟；

带吉莉去打定期疫苗；

多买些蟑螂药；

找一位律师；

从邻居家要张报纸，看看上面有没有合适的活儿；

把家里剩下的钱点一下，看看到底还有多少；

查一下贷款的信息；

数数还有多少食品券；

给杰瑞米买双新鞋。

这时，我发现了一件惊人的事：

乔莉几乎不会拼写英文。

对此我不想做任何评论。

有些词她还能拼对。

可是，她不知道怎么拼写"邻居""消灭""完全"。

她把"贷款"（loan）写成"孤独"（lone）。她就这样
带着两个同样不会拼读的孩子。

我想想这些，觉得可悲。

在她的生活中谁能帮她拼写呢？

就在我想到一个主意的时候，她也想到了一个。

我们俩同时说自己有个主意。

她的面部表情更急迫些，我就让她先说了。

"你帮我看小孩攒了多少钱了？"

我能感觉到我的瞳孔变窄了，

好像她这样想是在背叛我。

但是乔莉可能比我更需要钱。

那笔钱是帮我逃离现状的。那笔钱在银行里，

就在她问我的这一刻，

那笔钱正在生利息。

是，我的生活从未像乔莉这么一团糟过。

我从来不需要照顾两个小孩，而自己还没有工作，

房租又到期了。

可那钱也是我自己挣来的呀。

我需要用它交学费，上大学。

但是她现在就需要用钱。

我是比她更有权使用那笔钱，

但是她的负担比我更多。

我感觉到我的心在用力地跳动。

我看着她说道："那笔钱帮不了你的忙。"

她以为我是说那笔钱不够多。我目不转睛地盯着她，

不想让她理解错了。我的意思是

那笔钱不是用来帮助她的，

那是我攒着用来帮助我，

使我不至于变成她这样的。

我的心情很复杂，可是我的眼神一直很坚定。

杰瑞米走过来，抓着一本书，

讲的是海底的螃蟹。

它见什么都抓。

乔莉说她现在不能给杰瑞米读，

我说："要是没人给他读书，

他什么时候才能学会读书呢？"

乔莉低头看着我们写好的单子，

我把杰瑞米放到我的身边，我们一起读起这本书来。

这只水下的螃蟹

试图抓住每一样东西，最后它终于抓住了海盗的宝藏，

一个装着金子的箱子。

26.

这一次**大学**这个词又真真切切地出现在我的脑子里了。

上次还是我念五年级的时候，看完那部关于大学的电影后，

我对妈妈说我想上大学。

从那以后，**大学**就成为我生活中全部活动的重点。

不过，我常常忘记这一点。

有一次是我上八年级的时候，

我甚至去查银行卡，看我当保姆和退瓶子一共挣了多少钱。

我觉得用这些钱可以做好几件事：

把头发烫一下，买三件毛衣，再买一副冰刀，

然后穿一条像奥运会运动员那样的超短裙，

到冰场去滑冰。

我还是比较有主意的，知道不能把这些想法告诉我妈。

安妮和梅蒂说好了也要去上滑冰课，

我们仨满怀希望地等着去滑冰。

可实际情况是，我们仨哪个都去不了。

尽管梅蒂的妈妈已经答应她，要给她出钱上滑冰课了。

可那也只是说说而已。

这会儿乔莉出事了。

乔莉想着从我这里拿一点钱，或是借一点，

我知道她是不可能还上的。

我在心里翻来覆去地想着这件事，

但我的眼神什么也没有表示。

我们的对话结束时，

我明白了一点：

我彻底清楚了那笔钱应该用来做什么。

我从来没有过任何疑虑。

我那小孩子的脑瓜，偶尔会犯点糊涂。

但是在这件事上，我从未有过真正的疑虑。

那就是，我将来有一天要离开这里，那一天并不遥远。

维纳·拉芳要上大学，

要有一份好工作，

不要过像我在这里看到的那种满是绝望的生活。

27.

最后，乔莉终于问我，我是怎么想的。

那会儿杰瑞米正在洗澡间，

坐在浴盆的边上洗脚。

吉莉在她的游戏围栏里，

啃着一根我想到可以用来给她磨牙的胡萝卜。

乔莉问我是怎么想出给吉莉啃胡萝卜这个主意的。

"你想知道我的意见？"我说道。

她点了点头。

"我的意见是你回学校上学。

乔莉，你最后一次上课是什么时候？"

她的眼睛里透着恐惧，尽管她努力装出一副疲劳的样子。

"我，回学校上课？你不是开玩笑吧？"她说。

"我不是开玩笑。我非常认真。"我告诉她。说着我走开了，

去浴盆边看杰瑞米。

他这会儿正在玩自己的脚指头。

我又回到乔莉这边来，她正直勾勾地盯着墙。

"我有过一个好工作，我挣的钱也可以。"她在那里说着，

对一个灯罩说。

我看着她那张后悔的脸，

把我妈告诉我的情况讲给她听。

"有个社会救济改革法案，"我告诉乔莉，

"你要是去上学，就可以领社会救济。"

"领救济！"她说着从沙发上跳了起来，

她的腿下飞起一串小海绵球。

"领救济！不干，

我这辈子再也不会去领救济了！"

她弯下身子，用胳膊抱起吉莉，

把吉莉如同挡箭牌一样放在胸前。

"我们不要领救济。"她像是在讲一种疾病。

"我们要吗，吉莉？"

吉莉和乔莉用同样的眼神盯着我，

那是生气和害怕的眼神。

我在脑海里努力想象吉莉爸爸的样子。

想象他是一个什么样的人。

乔莉有一次告诉我，那个男人说乔莉的鼻子很好看。

乔莉从未跟我讲起杰瑞米的爸爸说过什么。

但是他们有一个共同点：都把孩子丢下离开了。

"这是我妈告诉我的。"我没管乔莉脸上的表情如何，

对她继续说道：

"她说你要是在学校注册上学，去拿高中文凭，

你就，他们就……"

这时乔莉已经将吉莉用两只胳膊夹住，

双手堵在她自己的耳朵上，

拒绝听我的话，不管我说的是什么。

"别跟我说你那个伟大的妈妈都说了什么！"

乔莉对我嚷道。

她这样称呼我妈，我大吃一惊。

我把杰瑞米从澡盆里拉出来。

他告诉我那只螃蟹

在水里把他的脚指头都吃了，我对他说那太糟糕了，

我们正准备拿那些脚指头和橘子一起当点心呢。

这下我们俩都遭殃了。杰瑞米跟我击了一下掌。

"你知道他们会把你怎么样吗？你知道领了救济

就走不出来了吗？"

乔莉跟我说。

"他们要把你的小孩带走，州里会把你的小孩带走——

我见过这种事——他们要是知道你没有工作的话，"

她的语调在升高，

"要是知道你的小孩儿没有爸爸的话，

他们要是看到你住的地方这么差的话，他们就会说你——

没有资格当家长。"

她义愤填膺地看着我会怎么答复她。

我什么也没说。我也没什么可说的。

乔莉说她见过这种事，我相信她的话。

"他们拿你当成一个慈善事业的案例，

然后把你的小孩带走……"乔莉不停地说着，

把吉莉紧紧地抱在胸前。

我告诉乔莉，我要做数学作业，得走了。

"你不需要我了。"我对她说道，

我指的是，她反正也不想听我的。

然后我走出她家的门，就是那扇你得关两次才能关上的门，

要不然三道锁中的第一道锁就锁不上。

现在我和乔莉有一大堆事情要做。

第一件事是找钱。她付不了我的工钱，

难道我应该出于同情心，留下来看这两个小孩？

第二件事是"领救济"！她提到此事时激动得大声喊叫，

她也不肯听我说这件事。

她已经见过州里把小孩带走的情况了。

第三件事是我要上大学，我要离开这里。

第四件事也是钱的问题。她不知道我已经存了多少钱，

我也没有告诉她。

第五件事是乔莉不想听我妈的话。

因为我妈说："你得管好自己的生活。"

她管我妈叫"伟大的妈妈"。

第六件事是我想到用胡萝卜给小孩磨牙，

乔莉没想到。

第七件事是乔莉不会拼写单词。

Part 2

第二部分

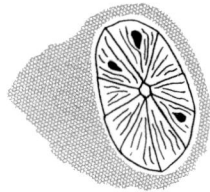

28.

乔莉找工作时，我放学后继续去她家。

她不能付我钱，但是她有了工作就会给我。

我不怎么跟我妈讨论这件事，

因为每次一谈到这个话题，

她就会咂舌头。

第四天乔莉还没找到工作，她回到家的时候，

我鼓足了勇气问她：

"你那次是怎么受伤的？

就是你脸伤了的那次？"

这会儿她的脸已经好了，但她还是伸手摸了一下。

她告诉我说，是那天她碰到的一个人干的。

"是从前和我们一起混的一个孩子。

就是因为我不肯告诉他我住在哪儿，他就急了。

他先是凑到我面前说什么

'宝贝，我是为你好'，

什么'杰克和印第安·肯以及安吉尔都想你'，

反正就是那套。我跟他说

我不想和他们中的任何一个人打交道了。

他见我不告诉他我现在的住址，就发了急。

我不应该回到那儿。我不要回去。

我连那附近都不想去。"乔莉说着。

我觉得乔莉简直就是一块厄运磁铁，

我真不知道她是否遇到过什么善良的人。

"可是，我现在的日子也没法过。你说我怎么过，拉芳？"

她问我，

我虽然不同意她的想法，

但是她的确是没有工作。我又能说什么呢？

29.

有一次我妈问我乔莉的情况，我只好跟她讲了。
她显然已经知道我这段时间看孩子都没拿到钱。
那是一天早上我上学之前，
我告诉她放学后还要去乔莉家时她问起的。

我解释说："乔莉会重新找到工作的。
她的运气实在是太差了。我不知道怎么回事，就像是——"
我往身上穿着毛衣，把数学书放进书包里，
"就像是，你知道打保龄球是怎么回事吧？
当有人打偏了的时候？
那个球滚进去的地方叫什么？
你知道球滚偏了的时候……"

我妈旋风似的用海绵最后一次
清理了台案。
她说："那叫污水沟，拉芳。"

我离开家上学了，但心里没法原谅我妈说的那句话。

30.

杰瑞米还在生气，

因为柠檬籽没长成柠檬树。他认为我说谎。

我带他去买鞋的时候，

蹲下去给他系旧鞋的鞋带，

他那双鞋已经太小了。

蹲在地上时，我明白了他看到的是周围人的膝盖，

汽车的前后挡板，

还有桌子的底下。那些才是他的视野。

要是你像杰瑞米那样又矮又小，

而你得学会上厕所，

还得知道不能随便打仍是婴儿的妹妹，

此外你的妈妈被解雇了，

她在家里对谁都乱嚷嚷，

这时有人告诉你花盆里会长出一棵柠檬树来，

可是你看见的却只是又黏又皱的土渣，

你不生气才怪。

我把他那双挤脚的小鞋打了结系上。

我不能老这样分文不取地回来。

杰瑞米和别人一样也想有好日子过。

我蹲在地上的时候，他把手放在我的肩膀上，

我直视着他的眼睛。

突然间，我觉得在这个世界上，我最想要的，

甚至比想要有人爱我还迫切想要的，

是让那棵柠檬树奇迹般地长出来。

在我们去鞋店的路上，我发现了

杰瑞米和公共汽车的关系。

当我看到远处的街上

开过来一辆像平脸动物一样的公共汽车时，

我说："那是我们的汽车。"

杰瑞米说："鞋汽车？"

"对，"我说，"那是我们的鞋汽车。"

杰瑞米把身子挺了起来，

他身上的条纹衬衫在阳光下向前鼓着，

他正准备毫无差错地登上那辆公共汽车。

我们运气挺好，上的车

有一个那种会跟你说"早上好"的司机。

杰瑞米上前对他说："去买鞋。"

"好的，先生。"司机应声答道。

我们俩找到了座位。

杰瑞米坐得十分笔挺，想要稳住汽车。

有人拉车铃的时候，他立刻警觉起来。

我告诉他等我们下车的时候，他也可以去拉铃。

我把他放到我的腿上让他看外面的街景。

他全神贯注地看着窗外。他看到

有个男人在往人行道上吐痰；

有个老太太，胳膊上青筋暴起，

挪动着她的助步器，每次只能移动两寸；

两个男孩子在追着一只猫跑。

我觉得这比看电视好多了。

既然乔莉的电视机上只有跳动的横条，

不如带杰瑞米来汽车上，让他高兴一下。

他让我看窗外的一条大狗

正在张嘴吼叫。

他把手指都平贴在车窗上，鼻子也是，

一动不动地贴着。

然后他又把我的钱包放到他的头顶上，

当他的王冠。我很快意识到：

他现在是公共汽车上的国王，

是去买鞋的公共汽车上的国王。

我们都是他的随从，他的仆役。

汽车司机正开车送我们去鞋店，

因为是杰瑞米命令他去那儿。

自从我说出"那是我们的公共汽车"，

杰瑞米便知道他要做主了。

我看着杰瑞米那张带着国王神情的脸，

告诉他，现在可以站起来拉响车铃了。

他去拉铃时，把他的王冠交给我拿着。

我举着他去够拉铃的绳，

他拉响了车铃，

我们做好了下车的准备。

在我们下车时，他向司机宣布说：

"买鞋去。"

"好的，先生。"司机说。

公共汽车发出嘶嘶的响声，

我们的脚落到了地上。

我们要去买鞋，

买我们买不起的鞋。

31.

在鞋店里，那些店员觉得我们不像真要买鞋的顾客，

对我们很冷落。

我们是来在他们那厚实的地毯上散步的。

不过杰瑞米开始跳舞。

他上个星期看见一个男人玩踢口袋，

这会儿他就学着踢口袋的样子跳舞。

他每每想起来就这样跳。

他的腿像雨伞架子似的向外伸出，好笑得很。

一个手上长着湿疹的店员走过来说道：

"嘿，姑娘，你快把那个小男孩儿带走。"

我没有跟他讲，他们卖这么昂贵的鞋，

还这样对待顾客，是极不友善的。

我没跟他讲，他不应该对我乱发指令。

我看着这些鞋的价钱，

心里想着，杰瑞米长得太快了，

他妈挣的钱是没法给他买这些鞋的。

我知道杰瑞米都有什么。

他有一双雨鞋，他也有袜子。

但是他的鞋都太紧了。

我看到鞋架上有些蓝白相间的鞋，很漂亮。

便问杰瑞米

这些鞋怎么样？他唱道："拿鞋去，小口袋。

拿鞋去，小口袋。"

最后的结果是这样的：

要买杰瑞米的这双鞋，得用乔莉付我

看六个小时孩子那么多的钱。

我看着杰瑞米穿着合脚的新鞋，

在那儿跳着舞。

于是便把钱放到了柜台上。我知道我可以这么做。

我想自己一点儿也不介意。事实上，

给杰瑞米小先生买双鞋还是挺有趣的。

我在享受乐趣，

用不着谁来付我钱。我是这么想的。

事情就是这样。

32.

一天晚上，我在乔莉家干完活儿后乘四路公共汽车回家。

突然我又生出了对我爸爸的幻觉。那只是

一刹那的工夫。我回头看了一眼，我也不知道

我看见了什么。

我刚从一个橱窗旁走过，

或许是公共汽车上什么人的袖子？

我的眼睛从来都没能及时抓住那一刻。

就在这时，我妈出现在我的脑子里。

我思考着之前是怎么回事，

努力捕捉记忆中那些模糊的影像。

我妈做的一些事，在我的记忆中像是雾蒙蒙的照片。

那照片就像你在梦中看到的一样。

最初我对我妈并没有记忆，

我是指事情刚发生的时候。

后来，我记得她巨大无比。

她变得大极了，好像是翻了很多倍。

我从未想清楚是怎么回事，但我妈就是巨大无比。

我不是说她胖。她的身材算是中等。

我觉得她巨大，是指她的行事方式和作为，

而不是靠吃就能变大的形体。

我记得上一年级的时候，

其他小孩儿的妈妈都那么小。

她们的嗓门小小的，手小小的，

就连她们的鞋，我觉得都小小的。

我已经习惯了有个巨大的妈妈，

过去是这样，现在仍是这样。

另外一件事是：

你知道每年九月份的时候，

你妈妈会给你买那种能放进夹子里，

上面带着三个孔，有横格的纸张吧？

你妈给你买了多少这样的纸？

你知道我妈给我买了多少吗？

我妈买的纸摞起来可高了，像是一本电话簿。

四年级的时候，我要把野花压成礼物，

就拿这些纸当镇纸压在野花上。这些花是从公园里采的，

多数都是黄色的花，毛茛，

也有勿忘我。那是蓝色的。

我把这些花放在三环夹子簿的下面

一直压到圣诞节，

该给人送礼物的时候。

可是我妈一直以为我要用这些纸

做数学作业，练习拼写生字。

当我把那些压好的毛茛和勿忘我

做成一幅画送给她的时候，

她用她的大手捧着那张画，

用她那大嗓门说道：

"我真为你骄傲，拉芳！

我真的为你能做出这么好看的画而骄傲！

瞧这蓝黄相间多好看。"

这时我也看到了爸爸的影子，不知道是谁的爸爸的影子。

那个爸爸也喜欢这幅画。但只是一个影子。

她看着我的手说：

"这双手能做出这么好的活儿，是吗，拉芳？"

她这可不是在提问题。这时我爸爸的影子闪了一下。

他喜欢我的这幅画——

我不知道这影子是怎么进到屋子里来的。

它就是进来了。

我想一定是我妈的大嗓门和她的大手让我想起来的。

33.

我和杰瑞米现在开始储存其他种子，

准备种在一个花园里。我从家里又带来两个花盆和一些土。

这下杰瑞米吃橘子真的更快了，

他还吃了一个桃子。我们拿着剩下的食品券

又一起到商店再去买这些水果。

杰瑞米坐在购物小推车的底盘上，

就是你用来放那些大东西的地方，

比如说那种很大的袋装狗粮。

他待在下面很高兴。他是动物园里的一头狮子，

我们停在罐头食品架前时他这么告诉我。

他说着我的名字：

"拉芳，看过动物园里的狮子吗？"他抓着小推车，

好像那是他的笼子，

在经过时又把他的腿伸出来。

现在我开始假装像他一样待在下面。

我开始只能看到人们移动的大腿和脚。

我们走过摆放杂志的架子，

一本杂志说一个女人生了一个火星人，

婴儿的父亲申诉要求探视权。

再往地下看，是吐掉的泡泡糖和丢弃的购物单。

这些东西粘在地面，上面满是脚印。

地上还有小块的芹菜叶和梗，用过的奶嘴，

洒出来的咖啡。那咖啡

是用现磨的咖啡豆做的。

我往下看着。

在下面你会看到：

人们的脚趾和毛乎乎的脚踝，

他们那些不整洁的鞋子；

被儿子带来买东西的

老太太们萎缩的小脚。

你能听见这些老太太在上面

向儿子发出最后一个请求；

你能看到他们的儿子答应他们的请求，

陪她们去找某种罐装的奶油玉米或牛尾汤；

你能看见她们的儿子不再试图劝她们放弃那个想法。

但是在最下边，

在杰瑞米待的地方，

你只能听到他们的鞋摩擦地面的声音；

掉在地上的碎渣的声音；

以及那些还没有放弃行走的老腿

一瘸一拐移动的声音。

我在想人们为什么要让小孩坐在小推车的上面

在食品购物店里转悠。

上面的世界

不像下面的世界这么萎靡颓废，尽是那些废弃的垃圾。

我想着要让杰瑞米坐到上面来。

我弯腰拿六听一联的百事可乐，

在快要接近膝盖时，

我听到杰瑞米正在轻声发布着这样一条消息，

他在向那些陌生的膝盖发出这条消息：

气球气球气球气球

气球气球气球气球

气球气球气球气球

气球气球气球气球

气球

34.

我带乔莉去上了我的蒸汽课。

我们先把小孩安排好了。

我一遍遍地告诉乔莉，

学校里有托儿所。但是她总是找借口推托。

"他们会从其他孩子那里染上病的。

吉莉会大声哭喊的。

杰瑞米会忘记上厕所把裤子给尿了。"

当然，实际上是她害怕去学校。

三年前

她因为要生杰瑞米离开了学校，想着以后还会再回去。

她也一直打算要回去。

可是吉莉又出生了。

从此她的心里就再也没有这个打算了。

我们把小孩都打点好，装了很大一袋子小孩的东西。

我们一起上了公共汽车。现在杰瑞米觉得乘坐公共汽车

仅次于进天堂。

吉莉竟和坐在我们后面的一个女人咿咿呀呀聊起来。

我们乘车一路顺利到了学校。

这时乔莉看到了刻在墙上的"**高中**"两个大字。

她一下子变得很羞愧。

可她却做出一副目中无人、不屑一顾的样子。

她走路的样子也变了。整个身体换了一个挡,

你也可以说她换成了低挡。

杰瑞米抬头看着乔莉的眼睛,琢磨着她那心神不定的神情。

他又回过头来盯着我们周围的一切。

杰瑞米从来不会走路,他永远在跳舞。

他的脑袋里有一个乐队,总是在给他节奏和韵律。

他在学校的孩子们中间跳着。

忽然间,我看到那些孩子们也都跳起舞来。

他们穿着各种颜色的服装在晃着,扭着,抽动着。

要是我眯起眼睛看,这就是一个马戏团在表演。

也应该有人卖棉花糖,

有人撒彩纸条才对。

我们就这样到了托儿所。

我给他们介绍了乔莉,杰瑞米和吉莉。

我说我们上完下一节课就回来。

我看到安妮的姐姐在那儿工作。

她对我们解释说她现在在这里实习。

乔莉往四处看,

看到那儿有两个成年人,两个实习生和四个小孩。

她很惊诧，一切竟然都这么简单。

我对她说："我跟你说过的，他们干的就是这个。

他们干的就是这些。"

乔莉还是不能相信事情会这么简单。

我也提醒她注意这里有多干净。

杰瑞米立刻开始玩起积木来，

他想给自己建一个房子。

等我们准备离开时，一位女士已经在给吉莉唱歌了。

她哄着吉莉不让她哭。

在走廊里穿行时，乔莉都是那种低挡行进的样子，

只不过她的身体也在左右晃动着。

她在做给那些她以为在看她的人看，

给他们传送着信号，

她走路用的是两种语言。

我们进了蒸汽班。

我告诉他们我带来了一个旁听的学生，他们说可以。

乔莉默默不语。

我们和以往一样围成一个圈坐下。

我要解释一下：他们开始的时候管这门课叫自尊课，

可是大家都不愿意这么称呼。

据说，有一天

老师对几个不管怎么样都会来上课的小孩说：

"各位同学，你们今天回去的作业是**做你自己**，

你们要想办法让自己的脑子里充满蒸汽，

当你们下了足够的功夫，

就没人能动摇你了。

你们听说过有谁敢和蒸汽机斗吗？"

从那以后，大家就管这门课叫蒸汽课。

他们在电脑上和其他所有的地方都改成了这个名字。

现在大家排队报名等着上这门课。

我们进了教室，乔莉闭上了嘴。

"这周我们要学的词，是大家都知道的一个词：

能够。"老师说道。她高挑纤细，

手上戴着一串戒指。

她的头发有些地方变灰了。

今天她身上穿的是紫色的连衣裙，脚上蹬的是跑步鞋。

"我们大家转圈轮着说话。你要说：

'我能够……'你要完成这个句子，

说出你想要办成的事。现在开始。"

大家开始轮流依次说下去。蒸汽课今天一共来了十一个人，

每个人都得说一句什么。谁要是开玩笑，

就会因为在蒸汽课上不认真而不及格。

教室的墙上贴着一张巨大的宣传画，上面写着**"不许贬低"**。

乔莉不懂那是什么意思，

因为没有人给她讲过这个词。

"我能够通过我的驾照考试。"

"我能够做到不打我妹妹。"

"我能够，我能够，能够，能够，能够，

我能够，能够，我能够，能够找到我的数学书。"

说这话的是杰米，他需要时间慢慢说。

"我今天能够保持清醒。"

"我能够从高中毕业。"

"我能够完成我的会计课作业。"

"我能够做到不让他打我。"

这个"他"我们在每堂课上都能听到。

我们不断地告诉她，

让她离开他。可是她还没有这个打算呢。

他一定有某种能够拴住她的魔法。

我们大家轮流说着自己能够做的事。

乔莉僵直地坐在椅子上，

脸上写着"这也太傻了"。

我看到老师的眼睛看了她一下，

很快就移到下一个人身上。我往左边倾斜了一下，

用肩膀碰了碰乔莉的肩膀。

我通过我的衣服和肌肉传递着一种信心，

可是她的肩膀好像接收不到我的信号。

或许，她只想做个导体，

把这个信号像电流那样

传给下一个人。

在她之前，先轮到我说。我知道这种练习的整套规则，

我决定用一件有关乔莉家的事来表达这个意思。

我说："我能够给吉莉好好洗个澡。

也就是这位乔莉的小孩。"我把头冲乔莉点了一下。

现在该乔莉讲了。可她在那里僵住了。

我捅了她一下。老师不知从乔莉的眼睛里看到了什么，

说道："没问题。你今天是客人。

客人要是不想参加的话，

可以不参加。"

如果乔莉给你讲那一刻发生的事情，

她会告诉你："我在那儿是隐形的。我没在那里。"

但是我是证人，我知道她当时在那里。

我看到圈子里有三双眼睛露出居高临下的神情。

我也看见老师举起手好像要捋头发，

但大拇指却微妙地朝墙上的标语指去。

那是上个星期她在盛怒之后写了贴到墙上的：

"在这个房间里必须每时每刻保持正直的行为。

不许装出你不明白正直是什么意思。"

所以，乔莉那天没有完全享受到这堂课。

可她还是挺了过来。你不张嘴说，

不停地说，

你就学不到怎么使用你体内的蒸汽。

有些人要比他人花更长的时间才能学会。

当然了，

我又是分文未领地回了家。

乔莉上哪儿拿钱付给我呢？

虽然如此，我站在淋浴的喷头下

用洗发香波洗吉莉弄到我头发上的那些花生酱时，

忍不住笑了又笑。你会问什么事这么可笑？

我、乔莉、吉莉和杰瑞米，我们几个人一起

在公共汽车上和学校走廊里的样子，看起来一定很滑稽。

我们下了车走上人行道的时候，

吉莉的奶嘴掉了下来，

弹到一堆狗屎上。

我们看上去

一定像是有各自走法的一家人：

杰瑞米在跳他的口袋舞，

乔莉摇摆着她的身体，仿佛在对世人说：

"我什么问题也没有，我小孩的父亲没有抛弃我，

我也没有被老板炒鱿鱼。"

吉莉在我的胳膊上不停地跳着哼唧着，

时不时从我的胯骨往外探出，像一面摆动的旗帜。

这样的一家人，不知来自哪块土地。

35.

我在家里吃了鱼。我把做鱼用的柠檬籽挑了出来。

我妈见我在水池子里洗这些籽,

问我干什么用。

我说我要拿去给杰瑞米,

因为他的那些籽不发芽。"那个乔莉,她一定穷困潦倒,"

我妈说,"你觉得她打算怎么办呢?"

对付我妈的问题有时像是回答考试题。

她不给你时间思考。

她的座右铭是:

鞋拔子有两头,

或上或下,

自己选择,

选择完毕,

坚持下去。

这是她从她的姨妈们那里学到的。

我举个例子。她说我们要按时缴纳房租;

我们要在她的工作单位买保险,

以备可能出现的灾难;

我们要去看牙医。

我们要关照好自己，不能马虎大意，

等着别人来替你想这些事。

我开着水龙头洗柠檬籽的时候，

这个座右铭就写在她的脸上。

"有些人就是不能管好自己的事。"她说。

"你上次是什么时候拿到钱的？"她问。

她已经知道得清清楚楚了。

"那个女孩子为什么不回学校？"她说。

"她干吗要生**两个**小孩儿？"她问。

"现在她那里比我上次去的时候，就是

她身上到处都摔破了的时候，

干净一点儿了吗？"她又问。

我假装水龙头的声音太大听不清。

没人把我妈堵到柜子里，

再解雇她。

我觉得没人敢这样对待她。我回过身去

从水池子的边上看着她。

是的，我敢肯定，没人这么对待过她。

"听你这么说好像是她的错。"我把水龙头关掉说道。

我开始和她争辩。

"你不要跟我狡辩，"她说，"我没有使用'错'这个词，

我是说'管好自己'。她需要承担自己的责任。"

"她需要时间。"我说。

"房租不等她。"她说。

"接着，她就会想着去借钱。"

我没有告诉我妈乔莉已经试过借钱的方法了。

我们四目相对。我看见她眼睛里那怀疑的目光。

她说："她要是想领社会救济，是不可能的。

没有完成义务教育的人，是领不到社会救济的。

她打算怎么办呢？"

我想着乔莉歇斯底里地说"社会救济"这几个词时的样子，

不知道该怎么回答我妈。

"她正在找工作。"我说。

"你放学后在免费为她看孩子。"她说道，

声调里带着责备。

我看着她，心里在想，免费给乔莉看小孩，

是错的比对的更多呢，

还是对的比错的更多。

我将手里的那把柠檬籽

放到一张餐巾纸上，铺开来数。

我不知道我为什么要数。

我只知道

有我在，比没有我在，对这两个孩子更好。

我不像乔莉那样冲他们叫嚷。

乔莉试了四份工作都没被聘用。

后来找到了一个，却只干了四天就又被辞掉了。

因为他们在奶油汤里看到一个创可贴，

说是乔莉掉进去的。

她一直都没拿到那位"手指老板"的推荐信。

我要是乔莉，我也会叫嚷起来的。

我妈耸了耸肩膀，

她那种耸肩的方法一定是在妈妈学校里学的。

那学校在她还没落地出生、成为一个妈妈的时候就有了。

我拿上我的英文书、我的数学书和柠檬籽

离开了。那些姨妈们一定教过她怎么耸肩膀。

我还没关上门呢，就听我妈大声叫道：

"你有几页？"

她是说几页作业要做。

我告诉她十一页。

"你保证不能只完成十页。"她大声对我说。

我听见她的声音在门板上回荡着：

十页，十页，十页，十页，十页。

她们教会了妈妈们使用带回声的嗓音，

不然的话，她们就当不了妈妈。

36.

可是，乔莉想让杰瑞米以为我带来的柠檬籽
就是他以前种下去的那些。
"他应该看到他的那些柠檬籽也能长出来，也能开花，"
乔莉说着，
想让我也同意她的意见，
"把这些籽偷偷地埋在花盆的土里，他不会知道的。"
她背过身去。

我从后面看着她。她是他的妈妈，她对能做什么
应该有选择的权利。
我想象着以后的事情将会是什么样子：
这些籽儿长出来了，杰瑞米不知道
它们是我偷偷种上的。
他会为自己从大自然中得到的收获而骄傲。
我没有别的办法，只能表扬他，对他撒谎。

"不好，这样做不对。"我对乔莉说。她立刻转过身来，
想让我证明我的观点。但同时她又很怕直接对我说出来。
"乔莉，你看。"我说道。可是我没了下句。
我的手从身体的侧面往外伸着，

就像你看到的那些小鸡的翅膀，

往下弯着。这大概也是鸡飞不起来的缘故吧。

"乔莉，你看。"她无精打采地学着我的声音，

胳膊也像我那样伸了出去。

我俩都笑了。

我们用玩笑掩盖了原则性的分歧。

结果是杰瑞米自己解决了这个难题。

他走进来询问。

"我的籽儿？"

他看到我摊在椅子上那条毛巾里的柠檬籽时，问道。

我用眼角的余光

看到乔莉改变了原来打算撒谎的想法。

"这是给你种到柠檬花盆中的一些新的柠檬籽。"

她对他说道。

"这些籽会长出来，会开花的。"她对他保证道，

就好像乔莉现在是大自然的掌控者，

她可以决定什么能成活，什么得死去。

杰瑞米先生拿起他的柠檬籽，带上他的小椅子，

爬到花盆上，

把他手里的那把柠檬籽放进了土里。

窗外一缕阳光在他的身上很快地转了一下又走了。

那一刻，他就像那些小人书上画的一样。

妈妈系着围裙，爸爸下班回到家里，

烤箱里的点心刚刚出炉，

每个人的脸上

都是一副**无忧无虑**的样子。

大家遇到的最大的麻烦，

就是猫咪把装水的碟子给打翻了。

那一刻，杰瑞米也像是在那种生活里。我大吃一惊，

在脑子里为他照下这张照片以备后用。

紧接着，一切又都回复到原来的样子。

你能闻到吉莉呕吐物的味道；

地板上是一块块黏糊糊的东西；

碗碟都很脏；因为家里已经没有洗洁精了。

苍蝇围着吉莉的水杯嗡嗡地飞着。

我给杰瑞米拿了些水，让他给他的柠檬籽浇水。

37.

我有了一个主意，想要问问乔莉。问她这个问题
需要些勇气。
因为她眼睛里流露出的那种神情。
"乔莉，那两个孩子的爸爸怎么样了？"
一天晚上我对她说。
也许是门外传来的味道，
不知是肉丸子还是其他什么菜的味道。
她眯缝着眼睛对我说："你问他们什么怎么样了？"
她模仿着我的口气，
装出很笨，听不明白的样子。

"我是说，他们不欠你点**什么**吗？"我做好准备，
她有可能发火。她死死地盯着我，
想阻止我继续说下去。"乔莉，你看，"我接着说，
"你要是没有生这些小孩，你就会完成学业，
你就会有工作，你就会——"我停了一下，
因为我在想象乔莉穿着毕业舞会的礼服，戴着胸花的样子。
这些是你不想在这种时候当着一个人的面说的事。
这会儿，吉莉正睡在地板上的一条毯子上打着呼噜，
她的一双赤脚从毯子里伸出来，

好像那是她不需要的东西。

乔莉朝下看着我，尽管我俩个头一样高。
"那又怎么样呢？"她说道，声音很低。
我想是因为她坐的姿势。她的双脚放在沙发上，
整个身体都懒洋洋地靠着。
她伸手去取修指甲的锉刀，
她左手的中指上涂的那种叫"夜间危红"的指甲油
在空中闪了一道光又消失了。
她接着说道："我生活得还可以……"
她这句话一下子点燃了我的怒火。

我用一种从未有过的眼光看着她。
我觉得在我的脑袋里像有一挺机关枪上了膛，
我觉得那里的灯泡被开得锃亮，
我觉得有个麦克风就顶在我的脑子上。
"不对，乔莉。"我说。
我听见我自己开始说话了。
"不对，你活得不好。你活得不可以。
你的孩子们需要吃青菜。
你家里可能只剩下六卷厕纸了。
每个月该交房租的时候，你都紧张极了！"

她将两个指甲放一起修理着，

她有自己的一套修指甲的方法。

我继续接着说下去，

"至少一个小孩儿的爸爸应该知道这些情况。

难道他就不想看……"

砰的一下，乔莉把指甲锉扔了出去。

砰砰两声她打开了一罐百事可乐。

腾的一下，她从沙发上跳了起来。

沙发里面的小球球都跟着她飞了起来。

她跑过去把电视打开，

说道："那两个家伙都不是好东西。

我们还是看电视吧。"

吉莉翻了一个身，

鼻子把流出来的东西又吸了进去，

电视里的那个男人说，如果中奖，

我们可以赢得一趟去夏威夷旅行的机会。

我知道电视里的人是不会代我完成作业的。

尽管我也不想做这些作业，

看那些地图，学那些分号，

算那些二项式什么的，可它们是我离开这里的门票。

我捡起我的书，拿上我的东西准备离开。乔莉知道
她欠我十九个小时看小孩的工钱，
我告诉她以后再见。
出门的时候她跟我挥了手。

我气愤地往家走去。
我的心里还有那种机关枪上膛，
灯泡炽热雪亮的感觉。
我知道必须要做些什么，
我知道乔莉不会去做这些事，我知道我自己在生气。
我的汽车座位前面的椅子下有一张糖纸，
我拿脚用力踢了一下。
我听见我的牙齿在互相摩擦着，
我看到窗外开始下雨了，
我脑袋边上就是个麦克风，
我不知道该对它说些什么。

38.

第二天早上我醒来的时候想起一件事。

我妈的委员会中有一个人，

他曾经是拳击手。

我妈总说他常说的一句话，只要开始数"一"就要立即行动，

你不能想着等别人数到二再说。

否则的话，你很容易就会想着等别人数到三。

到这个时候，你已经落在后面了。永远记住，

开始数"一"就立即行动。

我记住了这句话。

乔莉在那儿修指甲的时候，

别人可以数到六，一直往下数到九，

我从床上跳了起来。

"你今天早上这么麻利，像是被手枪打中了似的，"我妈说，

"你的那几页都做完了吗？"

"我是在床上做完的。"我跟她说。

我们各自都竖了一下大拇指，

然后她去上班，

我去上学。

我的数学测验成绩发回来了。我看到我连着错了三道题，
都是同样的问题。

我马上就明白我把什么给弄错了。

老师让你重做一遍，好让你学会正确的计算方法。

我只用九分钟就做完了。

"你今天上午这么麻利，像是被枪打中了，是吧？"

我把改过的测验卷子交上去的时候，老师这样对我说。

"您说得对。"我说。

"你把错的地方都改过来了吗？"她问。

"改完了。"我回答说。

我早早就来到蒸汽课上。

我说："您记得我那天带到课堂上的朋友乔莉吧？"

今天这位老师穿了一件橘黄色的毛衣，

颜色鲜艳极了，就像科学教科书里那块熔化了的矿石。

她这时正站在文件柜的边上。

她看着我说："我记得，

就是那个不肯说她能够干什么的人。"

"就是那个人。"我说。

我自恃是乔莉问题的权威，说道：

"她遇到了一些麻烦。"

老师当然只用她的眼睛来回答我。

还能有什么其他新鲜事吗？她的眼睛在问我。

我罗列了下面的问题：

乔莉有两个小孩儿，没有丈夫，还被人给解雇了。

不过我在讲乔莉这些问题的时候，没有开始数"一"，

立刻行动。

不然的话，这位老师反应太快，

她可能会马上跑去叫人来做一幅招贴画。

让人在上面画出一个手指和身体都平趴在墙上的人。

"她领社会救济吗？"蒸汽课的老师问我。

我说她没在领。老师还不罢休。

"她怎么付那些预防针的费用，

怎么去医生那儿给孩子定期做健康儿童身体检查？"

我想了一下，不记得她做过后面这件事。

"健康儿童体检是怎么回事？"我问。

直到这时我才开始明白乔莉缺了一项工作。

你需要带婴幼儿，即便是像杰瑞米这么大的孩子，

定期到医生那里做体检。

检查他们的耳朵，眼睛什么的。也要检查他们的喉咙。

蒸汽课老师想知道，

乔莉是被哪个单位解雇的。

我跟她讲了。她说："最低工资，

她觉得最低工资应该是多少才行呢？"

我说我不知道。

蒸汽课老师往后退了一步，

上下打量着我，

"你在给这个乔莉看小孩，是吗？

你打算用看孩子的钱

继续上学受教育，对吗？"

"是的。"我回答道，等着她表扬我。

她停了一会儿，什么也没说。

学生们走进来，教室里一阵噼里啪啦的响声。

她看着我，脑子里在列着计算公式，

想着该怎么办。

我能看出来她的脑子里在想，我在占乔莉的便宜。

我自己的脑袋里也在想，你怎么竟然会**这样**？

我又看见有人在旁边说着，

要是你用乔莉付给你的钱，

让自己免于沦落到她的境地，那……

这是一种扭曲的逻辑，直到这会儿你才会想到这一点。

可是在我自己的脑子里，我仍然在说，

你怎么竟然会**这样**？

我很快用我的正常语调问道："乔莉要是回来上学的话，

她的孩子可以免费进托儿所吧？

她怎样才能再回到学校上学呢？"

她给了我一个电话号码，

那是个已经存在她的脑子里的电话号码。

她说："让她去找芭芭拉。"

我把这个电话号码写在了手心里。

但是，在整个对话的过程中，我一直都在想着

我怎么可能想占乔莉的便宜呢。

蒸汽课的老师开始领着大家轮番发言了。

今天的主题和昨天一样，还是界线问题。

讲的是你应该如何为自己的安全守住该有的界线，

不要失控。

要是你小的时候曾被深深地伤害过，

那是因为你不知道这些界线。

你可能让别人离你太近了，所以那些人才能够伤害你。

或者是你离他们太远了，他们没法来帮助你。

蒸汽课就是要帮你弄清这些界线。

39.

可是，乔莉不肯给芭芭拉打电话。

所以我只好帮她打这个电话。我的脑袋里

仍然有个人在说那句话，

问我是不是在偷乔莉的东西。

芭芭拉对我能想到的问题都给出了答复。

由于我一下子想不全，

只好一次次不停地给她打电话。

等我把所有的问题都弄清时，我们已经是老朋友了。

芭芭拉说，托儿所里

教大家都要尊重小人儿。

怎么才叫尊重小人儿呢？我来给你举个例子。

他们从来不会走到杰瑞米身后，或者其他人的身后，

从腋下把他们举起来。

要是那样对待孩子，你就把他们置于不利的地位。

因为他们看不见后面的人，不知道是谁。

他们总是要绕到孩子的前面，

像是在告诉他们："我现在要把你抱起来了，

你能看见我这张熟悉的脸吧？"

这样做就不会吓着孩子。

芭芭拉还跟我讲了乔莉上课的事。

乔莉要是坚持上常规班的话，

会有很多奖励。她能够接受办公室技能培训；

她上课的时候，她的小孩可以去托儿所，由那儿的人照看；

她可以随时找医生助理

把杰瑞米和吉莉照顾好。

但是，她必须保证上课的出勤率，

不然就会受到惩罚。

参加这个项目的人不是已经当了妈妈，

就是已经怀孕快要做妈妈了。

不过这些人都是想要完成义务教育的人。

我站在电话边上听着芭芭拉

跟我讲的那些细节，努力把它们都记下来。

同时，我的脑袋里出现了一幅画面：一间干净的办公室，

室内放着一盆天竺葵，

墙上挂着一张画，上面是一帮笑眯眯的婴儿，

或是一只宠物。

我用笔写下这样一些简略的话："尊重，小人儿，每个"

"签字，必须"。

我用眼睛瞟了一下乔莉，她正在看着窗户，

窗户的玻璃在上个星期不知被人扔了什么给砸了一个洞。

那个洞，被我们用大杰克牌速冻胡萝卜纸盒箱给堵上了。

这样能把冷风挡住，不让它进来。

我想象着乔莉在芭芭拉跟我说的这个

妈妈补习班上课的样子：她坐在老师面前，

用现在这种茫然的眼神听课。

我故作轻松地问芭芭拉，

"哦，上这个班对平均成绩有什么特殊的要求吗？"

我在问芭芭拉这个问题的时候，脑子里同时也在想着

乔莉大概早就忘了

她很久以前听过的这个词了。

芭芭拉在我的耳边说道：

"你为什么问这个问题呢？我们没有这个要求。好孩子，

我们只希望你能来上课。

我们不考你的知识技能。

只要你愿意来学习，肯接受帮助，只要有这些就行了。

只要给自己这个机会就行。"

尽管我告诉过芭芭拉，我是帮一个朋友问的，

她还是把我当成了需要帮助的人。

"我们是不是现在就来预约一下见面的时间呢？"

她在电话上问道。

我自作主张地说"好的"，然后和她定了见面的时间，
一周以后的星期二。
我把乔莉的名字也给了她。这时，乔莉冲出房间，
跑到厨房，打开了水龙头。
她不想听我在电话上
都说了些什么。

40.

第二天晚上，乔莉用两只手
捧着自己的脑袋，
就好像是怕里面的什么东西会撒到地上。
我当然要问她怎么了。
她对我说，我太年轻了不会明白；
她又说，我还是个小孩，这事对我说来太复杂了。
我还是又问了她一遍
为什么要用双手紧紧地捧着脑袋。

她看着我像是说，跟你说你也不会明白的。
可是，她最后还是跟我说了：
"你知道吗，宇航员在空中，
在某些情况下，需要从他的火箭飞船里走到外面去？
比如说，在佛罗里达的地面指挥，会用电讯通知他，
让他到飞船外面去
修理某个东西？"
我以前从来没有听乔莉讲过宇宙的事，
所以我在那儿很认真地听着。
"是的。"我说道。
乔莉说："你知道他的身体上是系着一根绳子的，

就像一个粗大的脐带那么粗，

对吧？"

"对的。"我应声说道。我并不很肯定，可我还是说了。

"所以呢，你可以想象一下：他正在外面的时候，

舱门关起来了，

是不小心关上的。"

她迅速地吸了一口气，又吐了出来，

像是这里的空气很稀薄，

"舱门切到了他的那根绳子，绳子一下子断开了，

他飘浮到了宇宙中。"

她把双手从头上放下来，慢慢地伸展到身体的两侧，

做出飘浮的样子，像浮云那样移动着。

"你明白了吧？他在外面飘移着，就在门外面。你知道吗？"

她的声音也有点游移，"就在门外面飘移着，飘移着。"

她长长地出了一口气。

接着她又开始说："你看，即便人们想派什么人去找他，

也不知道上哪儿去找。

他和他们没有联系了。你明白吗？

并且即便这个宇航员想掉到地上，他也做不到。

因为他失去了地心的吸引力。

他就只能在那儿飘浮着。

谁也不知道他在哪儿。

你瞧，他就自己一个人，该有多么孤独？"
乔莉站在地板的中央，
胳膊朝外伸展着，像是也在飘浮着。

她看着我，我还在听她说。
我等着听她的故事后面是什么，她的要点是什么。
乔莉这会儿看着我，表现出一副反感的样子。
"我就知道跟你讲一点用也没有。"她说道。
她在沙发上坐下，
我看到她脸上的那些光泽开始消失了。

41.

"你得有一份能让自己受到尊重的工作，"
我听乔莉讲那个故事之后的一天，对乔莉说了这句话。
我从自己的嘴里听到了我妈的那副腔调。
我赶紧用瓶塞把它给堵住，
换上了另一种语气。我说：
"乔莉，我会帮助你的。"

她看着我，
用她的眼睛告诉我不应该这样开始我们之间的对话。
而这时我也已经知道自己这么说不对了。
我是谁啊，一个十四岁的人对一个十七岁的人说
"乔莉，我会帮助你的"？

"你记得我给她打了好多次电话的那个叫芭芭拉的人吧？
她讲的那个帮助妈妈们回学校上课的项目？
你知道那个项目叫什么吗？
叫妈妈向上项目。
向上，乔莉，向上。你知道吗？"
她满脸疑虑地看着我。
"那个项目像是一所学校里的学校。

参加那个项目的都是妈妈，

或是准妈妈。

你上了学才有可能找到好一点的工作，

那个芭芭拉是这么说的。

杰瑞米和吉莉还能进你见过的那个托儿所。

星期二就有一个时间可以预约见面。"

她，

乔莉，又用她那种眼神看着我。

她好像是个囚犯，正在那里生气。

可她好像又知道

监狱里吃的比她原来待的地方要好。

乔莉不喜欢让人把她送进什么项目里去。

"项目，项目。听起来像是……"

她从吉莉就餐的一个地方捡起了一小块面包渣。

吉莉总是在椅子下面吃饭，

或是其他你最不想用来吃饭的地方。

"听起来像是人们都在那儿看着你。"

她说着把面包渣扔进水池里，

"像是在做试验。"

42.

乔莉还在那里嚷着："不要社会救济！"

她不停地说着，要是她的名字上了社会救济机构的名单，

州政府就会把杰瑞米和吉莉领走。

她以前见过她认识的人

遇到这种事情。

我一遍遍地跟她争辩，

把芭芭拉在电话上告诉我的讲给她听。

接着，我又让她在电话上直接和芭芭拉通话，

让芭芭拉自己跟她说，

告诉她，要是她去上学的话，

他们会帮她看小孩。

她去上学

就可以保证她的孩子不被领走。

这个芭芭拉在不停地给乔莉讲着。我听见乔莉在电话上说，

"好的""好的""我会的""好的""我会的"。

乔莉像个小孩似的，

在那里保证她会听话的。我在这边想着她曾经跟我说，

她从不记得真正的妈妈是什么样。

我想着她的那个妈妈，会听见乔莉在说这些吗，
"好的""好的""我会的""好的""我会的"。

43.

乔莉拿到了申请表格，上面写着人力资源部，

成人及家庭服务组，一共有四页。

她不认识上面的一些字，

也不知道怎么回答上面一些触及隐私的问题。

她打电话到我家找我，

对我妈谎称是杰瑞米靴子的事。

我妈是绝对不喜欢别人跟她说谎的。

"这个问题 j 是什么意思？

'你家里的人是不是一起买吃的东西，一起做饭吃？'"

乔莉想知道，

"还有问题 i：

'你家里有没有谁最近刚刚失去了全部收入？为什么？'"

我跟她解释说，那个问题 j 不是问吉莉是不是自己做饭，

而是问她家是不是住着一家人。

乔莉在表上将问题 j 的答案填上了"是"。

杰瑞米在电话上

想跟我打招呼，

他说了三遍"你好，芳"以后，

决定只想在那里听着电话里的声音。

所以，我就给他唱了那首我编的歌，

"我的雨靴里，有个雨水做的水坑，

我是头上长着橡皮鼻子的大象，"

这是我在他的廉价靴子进水的时候编的。

我这么编是不想让他因为靴子进水而不高兴。

"那问题 i 怎么回答呢？

他们在后面给你的选择是'辞掉工作，被雇主解雇，

罢工，等等'，我可以说被雇主解雇吗？"

我不知道。我没有被逼到那个壁柜里，

然后又被无端地解雇。

我唯一能想到的原因就是，乔莉身上带着招引厄运的磁铁。

我告诉她说，对，就填"被雇主解雇"，

接着又告诉她不能那么填。

乔莉跟我急了。

"到底应该选哪个？我该怎么办？

从来没人告诉我该怎么做。

你知道吗，在这个世界上从来没有一个人

我能够指望得上？

你知道吗？没有一个人。"

我知道我有话在那里等着说出口，

可是我找不到那句话。她在电话的那边

难过地喘息着，

吉莉在她的身后哭喊着。

我对她说："对，就填'被雇主解雇'。"

我真的不知道该说什么。

律师会知道该怎么说，

知道那位"手指老板"的行为是什么。

可是请律师是不可能的。

乔莉连给我的钱都付不起啊。

乔莉把电话呱嗒一声

挂上了。我妈站在一边摇着头

好像这一切全都是很丢人的事。

Part 3

第三部分

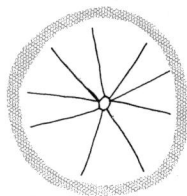

44.

就这样乔莉开始上学了。她和我在同一栋楼里上课，
但她是在妈妈补习班那个区域。
她们的课被分成不同的班组，
由不同的老师来教。

学校允许你从任何时候开始。你有属于自己的第一天。
乔莉带着杰瑞米和吉莉按时到了学校。
我是从在托儿所工作的安妮的姐姐那儿知道的。
乔莉一到学校就先坐进了教室。
她居然还带上了一个笔记本和一支笔。
她的手指甲上涂着叫"夜间危红"的指甲油。
这些都是我听人说的。

我为自己取得了些许成效而感到骄傲，
尽管我知道这不全是我的成果。我感觉
像是我自己从某个学校毕业了一样。
可同时不知为什么我又有点悲哀。
就像有人从我这儿拿走了一大块东西，
没有把它放回来。

有一天，上第四节课的老师问我：

"喂，拉芳，你是不是最近的睡眠比以前好些了？"

我跟她说可能是吧，又问她是怎么知道的。

"你上课回答问题的时候，反应比以前快了，

举手的次数也比以前多了。

你的变化很明显。"她说。"拉芳，"她又说，

"我想让你在选秋季学期课程的时候，

为自己做三件事。

第一，你去报名上一门领导才能课，

它能教你一些策略，让你知道如何干成一件事情。

第二，你去参加一个教你怎么获得奖学金的讨论班，

我觉得你得上大学。"

"我也觉得，"我对她说道，"我一直就想上大学的。

你是怎么知道的呢？"

她笑着上下打量我。

"你的脸上写着呢，拉芳。是你的这张脸告诉我的。

我是从你的脸上看出来的，真的。你脸上

透出一股对现状的不满。

最近尤其明显。"

这会儿她把声音压低了很多，凑近我说道：

"我不想等我老了，仍在此处教书的时候，

还看见你住在这个居民区里。"接着，她继续想了想，
用一种几乎是耳语的声音说道：
"除非是因为你也在这里当老师。"

她又挺直身体，往后退一步说道：
"第三，
选修语法强化班的课。
那门课是在第二，第三和第五节的时间。"
她看得出来我不愿意选这门课。
"这门课不会把你怎么样的，拉芳。
相信我，你需要这门课。我对你抱有很高的期望。
但是你的语法，坦白地说，太糟糕了。"
她用胳膊搂着我的肩膀，看我是不是觉得很没面子。
"拉芳，你要是为自己做这三件事，
你毕业的时候
一定会感激我的。"我答应了她，
并且决定接受她的批评。

45.

乔莉回到了学校。
杰瑞米和吉莉开始去那个
被杰瑞米习惯地称作"日托"的地方。
我也回到了我原来的生活。
那时我还根本不知乔莉是谁，
更不知道她的两个孩子需要人看护。

我妈在屋子里哑着嘴到处转，
气哼哼地说，
她从来都没见过社会救济办公室里是什么样，
她也不知道要去哪个地方，该在哪站下车。
她看着我的成绩单，
好像那是什么人的遗嘱，
她得知道里面给她留下了什么。

她又开始讲那套鞋拔子的道理了。
我把自己关在房间里，
躺在床上望着天花板。
天花板上面有个裂缝，看起来像棵树挂在那儿，
树枝向下耷拉着。

我躺在那儿想着，

我一直免费照看杰瑞米和吉莉这两个小孩。这样不对。

可是也对。

我在那儿给乔莉免费看孩子，

就相当于她在家里领取社会救济，

而且是从还是孩子的我这里领取的。

这绝对是不对的。

我的服务应该是有偿的。

可这不就是人们讲的，要帮助你的邻居吗？

然而我上的蒸汽课又这样告诉我们：

你在某一天为他人做一件好事，

你没有多大损失。

但是他们接着告诉你，你应该做不会伤害你的那种好事，

不能让别人利用你，

也不能指望一大堆你得不到好处的感谢言辞。

正反两面的例子，他们都能举出来。

我想来想去，

还是想不清楚。

想到后来，还和开始的时候一样糊涂。

46.

你猜怎么样，乔莉有一天得了一个 B。

接着她又得了三个 B。

再之后，她在打字课上得了一个 A。

她在编排目录单的时候，

将每个竖行都排得很整齐，

所以又得了一个 A。

要知道她这么多年都没进过校门呀。

起初，

她装作对成绩怎么样很不在乎。

可后来她的想法变了。

她的 A 越来越多的时候，

你能看到她走路时一副趾高气扬的样子。

那样子绝对潇洒，就好像她是位高贵的公主。

杰瑞米得了水痘，

她和杰瑞米一起待在家里。

所以她没来上学的事

你就可想而知了。

因为这个，她三天没去上课。直到第三天她接到电话，

他们告诉她可以帮她安排人

来照顾出水痘的杰瑞米。

他们可以把杰瑞米放到托儿所的一个特殊的地方，

这样他就不会把水痘传染给别的孩子。

他们问乔莉：

"你为什么不在第一天发现了就告诉我们呢？"

乔莉回答说："我怎么知道呢。没人告诉过我——

我不知道——"

她继续说道："没有人告诉我。你懂吗？"

她说这话的时候，

我的脑袋里就好像有个瘪车胎被修好了。

我突然明白了乔莉生活中的那条横幅："没有人告诉我。"

我在脑子里想着，同时列了一个简要的单子，

生活中有哪些人能够告诉你该做什么：

你的父母

你的老师

你的女朋友

要是你参加了某项体育活动的话，还有你的教练。

我看着乔莉。

她站在 B 走廊的饮水龙头前，

仍像个外国游客一样四处张望着。

我在脑子里问自己，

她的父母在哪儿呢？自从我认识她就没见过他们的影子。

你问她关于她父母的事，她也从来不回答。

她的老师呢，在杰瑞米还没出生前

就没再和她见面了。而杰瑞米现在已经这么大了。

至于她的女朋友们，我发现她从来都不提她们。

再看看她参加的体育项目？

我问她："喂，乔莉，你打过垒球或踢过足球吗？

我是说你曾经玩过吗？"

她看着我，就好像我对她做了什么粗暴的事，说道：

"我们在这儿对付水痘，我得旷课，

没有人告诉我任何事情。

而你却想知道我是否踢过足球？"

她气哼哼地

对我说了这番话。

我说："我不过是问问而已，没有别的意思。"

然后我走过去摸了一下吉莉的前额，看看是不是很热。

我想知道她是否也被传染上了水痘。

我和乔莉彼此说了再见，然后就分手了。

47.

杰瑞米的水痘好了以后，有一天
妈妈补习班的某一位协助辅导员把我从教室里叫了出去，
说是要我去开一个会。
我到的时候，乔莉已经在那儿了。
我们开会的地方在妈妈补习班的会议区内。
那是用屏风隔出来的一个办公室，
原来并没有这个地方。
我和乔莉彼此打了个招呼。好像我们俩刚刚认识不久，
好像我们只是曾经坐过同一班校车。

这位叫我来开会的辅导员老师，
衣服袖子是红毛线织的。她把双手放在桌子上支撑着身体，
说道："我在和乔莉商量
她该用什么办法安排时间。"
我努力想着乔莉说"用什么办法安排时间"的那副样子。
乔莉的脸上又露出那种茫然的神情：
她又进入低挡行进的状态了。

"乔莉，你自己来说说
你是怎么看这件事的吧。"辅导员老师说。

这不是一个提问。

我看见乔莉在她脑中的一系列问题里筛选着，

试图挑出一个她能说清楚的。

她的脚一上一下地

在地板上摇晃着。

"作业。"她说。

"作业为什么会是问题呢？"辅导员问道。

乔莉看看她，看看我。

又看了看她自己的手。

她开始剔那只

本来应该带着一枚结婚戒指的手指的指甲。

我突然想到，她要是结了婚，

就会有人帮她了——

哪怕只是偶尔地帮她给小孩儿换个尿布也好啊。

辅导员老师想帮她解释。

"对乔莉说来，完成作业是个问题。

她这么长的时间都没上学，

要适应一套新的作息时间很难。

她的孩子也占去了很多时间。

我说得对吗，乔莉？"辅导员老师问。

乔莉点头说对。

"乔莉在短时间内需要一个家庭助手。

我们觉得每天下午帮她一小时就够了。

基于乔莉的现状，我们可以从阳光基金里拿出一些钱，

帮她支付这笔家庭助手的费用。"

辅导员说道，"有了这笔资助，

乔莉就有家庭助手帮她看小孩，

她就能够利用那个时间去完成作业了。"

"可是，我和乔莉在看小孩这件事上有些不同的看法。"

辅导员说道，现在她是对着我说了。

乔莉继续剔着她的指甲。

"乔莉想让你做她的家庭助手，"她说，

"但是这里有个问题。"她用一种教育者的眼光看着我。

"拉芳，问题是这样的。

你没有受过看护幼儿的培训实习——"

接着她开始罗列培训实习的一项项内容，

同时用一只手

把另一只手上的指头一次一根地向后扳下去。

我觉得看老师们干这种事很有趣。我想要是有选择的话，

你是不会愿意这样去摆弄自己的手指的。

"你得学会怎么给婴儿洗澡——"

她把一个指头朝后扳去，

"学会教孩子坐便的基本常识——"

她又将另一个指头向下压去，

"学会怎样和小孩交流，

让孩子有安全感——"

这次她一下子向后扳下两个指头。

我只是在那里听着，看着。

"说实话，我们这个项目更想用一个受过培训，

拿到培训结业证书的人到乔莉家去帮助她照顾孩子。"

她的手指这会儿全都自然地向后翻着了。她继续说道：

"可是，我想你已经在乔莉那里帮她照看杰西和杰瑞米

好几个星期了，对吧？

乔莉告诉我孩子们都很喜欢你。"

现在她把话题转移到我身上，所有的话都是对着我说的。

她搞不清吉莉的名字该怎么念，

她竟然想让我去学如何给吉莉洗澡。

我一下子就决定必须要干这件事来证明我自己。

我拿定主意了。

我要再次接手这份工作，每天一小时。

可是，这位辅导员老师还没讲完。

乔莉在告诉她

吉莉的名字该怎么念的同时，

她又接着说他们项目的要求。

"我们的项目

还必须保证

家庭助手们自己的功课

不会因为增加了这份责任而受到影响。

拉芳，你功课是不是达到了平均成绩的水平？

当然了，我们会去学生处查你的成绩单。

但现在你能先给我一个——

一个大概的答复——"

她把双手平着向前伸出，好像在托着两个盘子。

于是，我同时做了三件事。

我告诉她，我的学习成绩很好，

远远高于平均分。

我告诉她，我愿意再次去帮乔莉看孩子，每天一个小时。

我现在没有那些担忧，

不再担忧自己以前是否占了乔莉的便宜，

不再担忧乔莉是否占了我的便宜。

我将所有这些担忧都从脑中抛开。

我和乔莉又联结在一起了。

"我唯一担心的问题

就是托儿所的那些实习项目。"

辅导员老师说。她坐在那里想着，

乔莉和我跟她一起坐着。

辅导员老师说：

"你看看秋季学期能否找时间补上这门实习课。

可以吗，拉芳？"

我们的会议结束了。那天剩下的时间里，

我能感觉出来自己的兴奋劲儿，因为

我又能和那两个孩子在一起了。

48.

梅蒂和安妮现在跟我妈持同一种观点：
和乔莉在一起对我绝对不是一件好事。
"她显然是一个不知道自己该干什么的人。"
这是梅蒂上蒸汽课后得出的结论。
"她那两个小孩是很可爱。但是他们的妈妈
做事没一点儿计划。
孩子在那种影响下很难得到应得的重视。"
这是安妮从她的那个在托儿所实习的姐姐那儿听说的。

对我来说：每天有一小时照看杰瑞米和吉莉，
就像吃到了一种久违的维他命。
有一天我和杰瑞米在墙上
玩影子戏。
我们让吉莉当观众，
看我和杰瑞米在墙上做出鸡鸭影子，
听它们唱谷仓里的歌，一直到她睡着。
然后，我又重新教杰瑞米怎么铺床，
因为他已经忘记了。这样一连好几天，
每天的一个小时都过得快极啦。

可是乔莉那边呢：我有时会去看她做作业。

她的眼睛到处转着，就是不看她的作业。

她愿意让电视机开着，尽管屏幕上只出现横条条。

她在那儿一边听着电视里的声音，一边做作业。

话又说回来，谁能指望

一个怀孕的时间比做作业的时间还长的人，

一下子养成学习习惯呢？

49.

有一天我犯了一个巨大的错误。事情是这样的：

乔莉干什么事都是差不多就行，马虎将就。

一件事只干到一半，还没彻底完成，

她就认为可以了。

洗过的碗碟上还有东西粘着，就算洗完了；

一页数学作业还剩两道题没做，就放下了；

垃圾袋上开了个洞，里面的垃圾直往外漏，她也不管。

就因为她做什么事都是这么马虎将就，差不多就行，

她家的儿童高脚凳和地板才那么恶心。

我喜欢把什么事情都做到底。

只有把事情做到底，我才能进大学，

才不会沦落为又一个乔莉。

那天，我真的是实在受不了乔莉这种马虎将就的劲了。

这次是杰瑞米的衬衫引起的。

我从抽屉里拿出的衬衫潮乎乎的，

那味道你不用想都知道，难闻极了。

"这衬衫肯定放了好多天了吧。"我对乔莉说。

"就一天。"她回答我。

"木星上的一天吧。"我说道，"我给他穿什么呀？"

乔莉从那堆要洗的脏衣服里找出一件衬衫来，

让杰瑞米把胳膊伸进去，

再把头套进去。

杰瑞米穿上衬衫就跑到浴室的澡盆那儿玩小船去了。

我对乔莉说——

我可能到临死的那天都会为我说的话感到愧疚——

我对她说这番话的时候，

她正背对着浴室的灯，

那灯的光线从她的肩膀上透过来，

后面是杰瑞米玩船弄出的声音。

我说："你不会也是这么处理避孕套的吧？

也是这样差不多就行了？"

乔莉一下子气急败坏。她变化的速度比我想象的快多了。

这回我可是亲眼见到了。我知道我把她惹火了。

还没等她提高嗓门，

披上防护衣，

手里可能想拿起一个手榴弹的时候，我就已经知道了。

一个一个的词从她的口中慢慢地钻了出来。

尽管她说话的语调很轻，

她的每个词都载着很重的分量。

那分量是我以前从未在其他任何人那里感受过的。

"有些时候，是你没有时间。

有些时候，是他们不给你时间。

他们急急忙忙地只想把自己的事办完。

他们完全忘记了你这个人的存在。"

杰瑞米模仿着小船在那里哼着，划着水。

我想象着他用两只手帮助他的船

穿过浴室的港湾向前行进的样子。

乔莉的眼神进入了一种回忆的状态，

我开始意识到我的那番话带来的后果。

乔莉接着对我说："你该多么完美呀，

你怎么会来照看我这两个没教养的小屁孩？

你那么高贵，

怎么会走进我家的门槛？

你的避孕知识如此专业，

为什么不到学校去传播？你应该去教这门课呀。"

乔莉又说："你整天背着你的书包，

就好像是背着什么圣经似的。

你坚持去上课；去参加考试；

你在老师面前总是堆砌起可爱的笑容。

你以为这就能保证

你绝对不会怀孕是吗？

要是哪个家伙想要你，把你按倒了呢？"

她越来越激动，后来就喊了起来。

她的头发不停在我的面前晃动着。

她继续说道："你到这儿来就是想让我觉得，

我像个臭虫。拉芳女士……你到我这儿

总不忘带着你的作业，因为你有你的目标。"

她说着用鼻子哼了一下表示不屑一顾。

"你能够这样，能够那样，"她嘲笑着我，

"你是一位完美小姐。我的厨房对你来说太脏了，

你都没法把你的脚落到上面。

你跟我讲，杰瑞米坐公共汽车的时候有多可爱。

你把教他坐便这件事从我的手里偷走了。

这件事本来该由他自己的妈妈教他的，却让你给偷走了。

你有你的小杰瑞米之歌。

你能在你的脑子里想出这么一首歌。

你这个小妈妈当得多好啊。好到让我直想吐。"

这些都是她对我的谴责。

我看着她，

匆忙之中很想找出什么话来反击她。

可是从我的嘴里冒出来的话却是："你每次都要找借口——"

这时我看见乔莉的拳头向空中挥了一下，

蹦出了两滴泪珠。那泪珠又在她的手上变成了水洼。

她接着说道："你还把你的那些假柠檬籽往这儿带，

它们永远也不会开花的。

你会让杰瑞米伤心透顶的！"

她在那儿对我大喊大叫，

"我不配和你在一起，

你快回家吧！"

我不知道她是不是真想让我走，

但还是决定不继续待在那里了。

我记得我把数学书放在门边了。

所以就从她身边走过去，

径直走到放书的地方。

我没有停下来跟杰瑞米说再见，

也没有把在椅子下面哭喊的吉莉抱起来。

我要离开这儿，

我觉得这个地方太热了。

我也后悔自己问了乔莉那个问题。

那不是我该管的事。

我的腿在发颤，但我还是得走。

我弯下腰迅速捡起我的那本数学书。

就在这时我做了一件本来没打算做的事：

我回头看了一眼。

乔莉脚前的地板上

有一个没穿衣服的无头娃娃。

她的胳膊朝不同的方向扭曲着，

弄得谁都不知道该怎么把她拿起来。

她的脑袋放在她的腿旁边，

那双塑料的眼睛毫无生气地望着天花板。

我看了一眼乔莉，她正靠墙站着，

她的脸也呆呆的，

眼睛里露出悔恨的目光。

我本来只想把那个娃娃的胳膊扳直，

这样就不至于以后一想到这个娃娃就会想到乔莉；

我本来只想走过去，把娃娃的胳膊恢复到正常的样子，

所以就在那个扭曲的娃娃边上蹲了下去。

这时乔莉的两条腿恰恰就横在我的面前。

我还没来得及考虑应该怎么对付这两条腿呢，

我的胳膊已经代替我的脑袋做了决定。

我用我的两只胳膊

抱住了乔莉的两条腿。

我跟乔莉撒了个谎，告诉她：

"事情会好的，乔莉。会好的，乔莉。会好的。"

她立刻瘫了下来，开始号啕大哭。她的嗓音
像是雪崩发出的声音，
从她的双腿灌入我的耳朵中。
我不知道该怎么办了。
我本来是想离开，去学我的数学，学我的英语，
而不要变成第二个乔莉。
可这会儿我却待在她的地板上，
用胳膊抱着她的双腿。
她大声痛哭着，听起来像是整个合唱团在哭。

她顺着墙溜到了地面。
这会儿地上哪都是膝盖了。她大口喘着气，
我则被套牢在那里。我的眼睛看着她的脸，
我的数学书顶住了她的腿。
后来，她用她的拳头轻轻碰了一下我的肩膀，
声音柔和了一点儿，
求我说：
"给我讲讲那次你妈用凡士林的故事吧，
你讲讲吧，就讲那个凡士林的故事。"

她好像什么事也没发生过一样，

好像她马上就要开始新的生活，

她的一切都会好起来似的。

"讲讲吧，就讲那个凡士林油的故事。"

我耸了耸肩膀，慢慢地开始讲凡士林的故事。

我讲的这个故事她以前听过。

那是我妈和她的三个女朋友

小时候把凡士林涂在眉毛上的事。

因为我妈的朋友们的妈妈，以及我妈的姨妈们

不允许她们化妆，

她们便往自己眉毛上涂凡士林，好让自己的眉毛油光发亮。

(谁会愿意把眉毛弄得油光发亮呢？我上次给乔莉讲这个

故事的时候，我和乔莉都这么问。)

那件事和她们认识的四个男孩子有关。

那四个男孩要带她们去看马车拖石块比赛。

她们本来要坐在田径场内的

雪佛兰车顶上看比赛。

但每一辆从跑道上开过去的车辆，

都扬起铺天盖地的尘土。

我妈和三个女朋友的额头上，

就好像长出了胡子。

一层层的尘土堆积在凡士林上，

就像挂了厚厚一层霜。

那些男孩子们吃惊得大笑，差点儿把肚皮都笑破了。

从那以后，他们再也不请这几位女孩子去任何地方了，

就连看电影都不请她们了。

我和乔莉想象着很久以前的某个日子，

四个女孩子，前额上长着

八撇胡子，坐在雪佛兰车顶上的情形，

我们俩又和以往一样大笑了起来。

我一讲这个故事，想到那四个老派的女孩子，

就没法不笑得前仰后合。

我和乔莉这回笑得更厉害。

我们俩的头撞到了一起，乔莉捡起那个无头裸体的娃娃，

前后晃动着，

然后把它的塑料胳膊给扳直了。

它咯吱地响了一下。

我和乔莉坐在地板上互相对视。

有那么一小段时间，我们俩听着仍在哭叫的吉莉，

和玩着小船的杰瑞米。

我们的眼睛里都闪现着同样的希望，

希望我们也能像那四个女孩子一样，也可以犯那种傻气，

额头上长着那些可笑的胡须。

50.

那天吉莉第一次从地板的一头爬到了另一头。

她从椅子下面爬了过去，

一路爬到我们这边。

她的嘴上粘着地板上的毛渣。

她的一双眼睛睁得大大的，

往上看着她妈妈。

而她妈妈这时正为凡士林的故事笑得前仰后合。

她妈妈的牛仔裤上还留着被泪水弄湿的一块块印迹。

现在这个脏兮兮的小孩儿爬过来了。

你觉得你拿她没办法，

可她已经爬了过来，

停在我们中间。

她用她那双眼睛问着，

怎么了？

我想到自己曾怨乔莉，

不考虑后果，生了吉莉。

可吉莉这个小家伙顺流而下，

穿过房间的地板，

像只不期而至的船在这儿停下了。

有那么一瞬间，

她抬头看着乔莉。

嘴上粘着那些地板上的毛渣，

在她呼吸时打着卷儿。

房间里没人说话，

一切都寂静无声，

只有杰瑞米在浴室玩着小船

发出噗噗声。

吉莉的双手像动物的脚一样趴在地板上，

看上去像个生活在洞穴里的原始人。

乔莉马上就把吉莉从地上抱起来，

将她紧紧地抱在胸前。

吉莉的双脚从掉了一半的袜子里伸了出来。

我从地板上爬起来，

跟乔莉说周五见，

接着关上了身后的门。

电梯坏了，我得走楼梯下去。

我又沿着满是薯片包装袋的街道走到公共汽车站。

我不知道我到底明白了什么，

但我知道我明白了一些东西。

我明白了一些以前不明白的事。

我上了汽车，

觉得自己和以前没什么不同。

但我像长了两个脑袋：一个我在乘车回家，

另一个我还没离开刚才的地方，还在那儿

看着吉莉和她的妈妈。

她们好像长着不同的面孔，

好像是我不认识的人，

她们坐在地板上，

守着她们仅有的一切。

51.

在托儿所里，他们发现
杰瑞米不参加用意大利面粘贴图画的手工活动，
而是去做其他的事情。
他们想知道这是怎么回事。
你应该来看看杰瑞米画的画。
那些画像是现代派艺术家
用扫把在涂颜色，
笔画都很粗大。

他从来不玩拼图游戏。
他们觉得他老是把水杯碰到地上，
这很不正常。他们说
杰瑞米小先生有问题。
我想到杰瑞米家里的生活环境，
他家里的那种情形：
就像某个人在用单脚站立，
什么都是摇摇晃晃的，
随时都得努力保持平衡才行。

可是托儿所的人有他们的担忧。

他们要给杰瑞米做个体检。

"检查什么？"乔莉问我。

"他能回答出什么？"

她生气地说道，提高了调门。

他们告诉她，他们是想让杰瑞米去查一下他身体的协调性，

以及他的视力情况。于是，他们去指定的地方看了医生。

她告诉我，杰瑞米在那里，坐在一张灯光明亮的椅子上，

他们晃动一个有绿色光点的灯头，

发现了什么……

"哎呀，不会吧。"乔莉说。

"怎么会出这种事呢？"她说。

"杰瑞米，你也太让人受不了了。"她对杰瑞米说。

她环视着检查室，

想看看是谁发现的，谁这样告诉她的，

说杰瑞米看不见近距离的东西，

需要配眼镜才行。

说实话，我真的知道乔莉说这话是什么意思。

你知道配眼镜得花多少钱吗？

只是想想这一点，

就足以让乔莉躲到床里，拉上毯子，

把自己蒙起来。她就是这么说的。

她的脸上全然是一副

"杰瑞米你怎么会出这种麻烦"的表情和态度。

她的这种表情和态度，我在我家领教过。

妈妈们都会表现出那种"你怎么会"的态度，

那就是你要让她们花钱的时候。

她们都是在那所妈妈学校里学的。

而那所妈妈学校在她们存在之前就有了。就连像乔莉这样

不小心成了妈妈的人都会做出这种表情。

乔莉的那股"杰瑞米你怎么能"的情绪持续了好几天。

后来她缓了过来，

便带着杰瑞米去约见医生。

杰瑞米现在就有了被他叫作"气"的眼镜。

这个叫法好不好玩，

得看你在给他戴眼镜时的心情。

要是你得无数遍地帮他找眼镜，因为

他忘了把眼镜放在哪儿了；

要是你得一次次对付他的抱怨，

因为他不喜欢你为了不让他的眼镜掉下来，

而用皮筋把眼镜固定在他头上；

这个时候，你就不会觉得好玩。

一个戴眼镜的小孩儿，和一个不戴眼镜的孩子不同。

他更费钱。

他更怕磕磕碰碰。

他更让你时时牵挂。

他的眼睛，这会儿大得可怕，

就好像他什么都能看见，你什么也瞒不过他。

你不想再像从前那样大大咧咧地走过他的身边。

你要小心翼翼才行。

因为他那双巨大而深沉的眼睛，

很可能会把一切都吸进去。

吉莉总是去抓那副"气"。

杰瑞米会打她。

乔莉就会大声说太吵了，

她没法学她的记账课。

这里的日子还和从前一样，但像是

挪到了一块我不熟悉的大陆上，内容不一样了。

因为有了这副眼镜，因为有了"气"。

杰瑞米的眼睛看着你的时候是那么巨大，

那么巨大。

52.

你觉得乔莉在得知买眼镜的钱

可以由社会福利来支付时，

她一定会很高兴吧？

你错啦。她恨透了领社会救济。

"社会救济！"她说的时候

还像那是一个毒品贩子的小孩儿用过的脏尿布似的；

是一件不想放在自己房间里的脏东西。

我想她的脑袋里记住了我妈的那句话：

"你需要对自己的生活负责，姑娘。"

我没法替我妈说这话找什么借口。

妈妈们不等人解释，这点是肯定的。

她们总是一开始就说教。

这是她们在妈妈学校里学到的。

乔莉认为要是拿了社会福利的钱去买杰瑞米的"气"，

她就没有做到对自己负责。

我认为要是用社会福利付杰瑞米的"气"，

乔莉就会有更多的精力

去做学校的功课。

她就可以少花些时间

为了挣钱

而去干毫无尊严的工作。

我告诉她我的想法，

她用拖把清洗着厨房的地板，

刷洗着水池里的碗碟，努力避免和我争论。

我注意到了我眼前的变化：

碗碟都整齐地罗列在一起；

案台的裂纹里没有了那些恶心的东西；

儿童高脚凳的边上也不像以前那样满是散落的麦圈渣。

可厨房的地板还是挺脏乱的。

我看着乔莉打开热水龙头，准备肥皂水。

我凑到她的肩膀旁边，对着她的脸说道：

"乔莉，你一定能做到的。"

她耸了耸肩膀。

我有一种感觉，她的肩膀和我的肩膀

通过某种方式连到了一起。

这时候，杰瑞米从角落里走了过来。

他睁着一对深海般的眼睛，

吉莉紧跟在他后面也爬了过来。

杰瑞米不高兴，但又面带疑问地对我说道：

"还没有柠檬花呢。"

我的好心情一下子就萎缩了，

我为杰瑞米没有收获柠檬树

而感到歉疚。

53.

一天早上，趁我妈在桌子的另一头用勺子
给我舀麦片，
我告诉她说，我还没有做完我的社会常识课作业。
那会儿天还很早，
当时她立刻递给我一个"行了，我已经听够了"的眼色。
这种目光通常是妈妈们到比较晚的时候才会流露出来的。

"你怎么了？"她像个法官一样地问道，
她说这话的时候
只差手中没拿一把木槌去敲打桌子了。
我对她说："我会做的。我上第四节课前有自习时间。"
这时麦片粥煮开了。

"不行，"她说道，"你给我从头说，
重复一遍你刚才说的什么。"
我把没做完社会常识课作业的事又重复了一遍。

我妈的胸口好像加了五磅重的东西，
她在那里大口喘着粗气，
同时一板一眼地对我说道：

"在这个家里谁也不能说**干不了**这个词。

谁也没有说过这个词。

现在谁也不必在这里说这个词。

你知道为什么吗，小姐？

小姐，你知道为什么吗？"

她停了一小会儿，留下空当让我回答她。

这就像在学校一样，他们问一个问题的时候，

已经有了一个事先选好的答案，答案只有一个。

尽管满屋子里都是想法，

但他们只选一个作为正确答案。

"我来告诉你为什么，你可一定不能忘了，"她大声说道，

"你工作的时候，要是说你**干不了**，

你的老板会很紧张。

你的老板听你这样说，就会产生不安全感。

你的老板会以为，他雇了一个蠢人来给他干活。

你的老板会害怕。

你的老板会感到紧张，不安全，

他开始害怕。

接下去，你看到的就是，他把事情交给别人干，不找你干，

或者他把你解雇了。

那样的话，你拿什么付房租呢？"

她等了一会儿让我消化一下，

接着说了下面这段话，

"你觉得大学里的人会说**干不了**吗？

你要是说**干不了**，他们立马就会将你送回家去。

那时我能把你怎么办呢？"

她又停下等了一会儿。

"所以，你现在跟我说说，你的社会常识课该怎么办？"

她问道。

我吃着我的麦片粥，每吃一口都先用嘴吹一下。

我在这个问题上，

根本就用不着和这个女人争执。

"我还没有做完呢。"我说。

她的口气软了一点儿，也缓和了一些。

"你利用休息时间把那些作业做完？"

"对。"我告诉她。

"这才是我的女儿。"她说。

接着她转过身在水池子里洗煮麦片粥的锅。

她一边洗，一边嘟囔着说"都是那个乔莉弄的"。我没理她，

让她对着水龙头说去吧。

54.

"去找那个百万富翁！"

有一天我到乔莉家去给她看一个小时的孩子，

她这样对我说道。

她手里举着一张房租的账单，

我看见那张上下舞动的账单上写着，

她已经欠了三个月的房租了。

"就是报纸上的那个亿万富翁。

只要你向他提出要求，

表明你确实需要用钱，

他就能给你钱。

他总是给人捐钱。"

我记得她说的这个人。

他把自己的数十亿美元

都分送给了那些需要装假牙的人，或是需要轮椅的人。

报纸上常有关于他的报道。

人们给他写信，

他在报纸上直接告诉那些人，

他会把那些人要的钱给他们，

还是不给他们。

他觉得有些要钱的人并不值得他捐款。

我不明白乔莉为什么不觉得向这个亿万富翁要钱，

也是她所痛恨的社会救济。

我对她说："一个是施舍，另一个也是施舍，

有什么不同呢？"

她回答我的时候好像我是个傻瓜：

"跟他要钱，你得有资格。"

这就是乔莉的论据。

乔莉在妈妈补习班的商务课上，

必须写一封商务信函。

她已经想好要把这封商务信函

寄给报纸上的那位亿万富翁。

我看小孩儿的整整一个小时里，她都在写那封信，

我在一边和杰瑞米玩乐高积木，

收拾被吉莉弄乱的那些地方。

吉莉已经在到处爬了。

她像个检察员似的，连厕所便池后面也要去。

我被无缘无故地解雇了。

我的一个孩子在托儿所，他需要配眼镜。

我已经又回学校读书了。

我希望将来能找份好点儿的工作。

不知您是否可以给我一些钱，帮我付这笔房租。

这样他们就会把我们赶到街上。

您将会看到，我及我的孩子杰瑞米和吉莉是值得您的帮助的。

她把这封信拿给我看。

我心里很不好受，因为很多我知道的词，她都不知道。

她把信递给我的时候，脸上的表情像是在说：

"告诉我，我写得还行，不需要再改了。

我也不知道该怎么改了。"

她让我检查记账课和地理课作业时，也是这副神情。

我或许根本不用告诉她哪儿需要改。

可是，她有一个地方缺了一个字。

如果不加上，这封信就没法让人明白了。

"这样他们就会把我们赶到街上"不是她想说的意思。

如果我现在不指出来，

她去交商务通信课作业的时候，

老师也会告诉她的。

于是，我见她坐在那儿开始整整齐齐地誊写这封信，

页边的空白都留得宽窄一致。

我想确定她到底是什么意图，便问道：

"你要把这封信拿去交作业，

还是准备寄给报社？"

她耸耸肩膀说："我不知道。"

我用脚滚着掉在地上的一根胡萝卜，

心想看看她自己能不能发现落掉的那个字。

我从她的椅子边走开，又走了回来。

她没有发现错误，还是照原样抄写下来。

我告诉她："乔莉，你是要在那儿写'不会'吧？"

我指着那个地方。

她看了看。

"这样他们就会把我们。这样他们就会把我们赶到街上。

这样，他们就不会把我们赶到街上。"她大声地读着。

"我在前面那一稿上写的是不会。"她说。

我什么也没说。她在那儿翻找她的第一稿。

"哦，我在那儿也没写。"她说道。

她轻轻地深吸一口气让自己冷静了一下，

但仍然为自己出的错感到气愤。

她的生活中有太多人让她气愤了。

192

我能看出来，她在轮流挑选着，

看是谁让她沦落到今天的地步。

她的姿态在说着："没有人告诉我。"

接下去，她又干了一件很不寻常的事。

你看见她笔挺地坐在那里，把那张整齐誊抄好的信

推到了桌子的另一边；

又把第一稿拿过来，

在漏字的斜上方添上了"不"字。

然后，她再拿出了一张干净的纸，

在纸的右上方

先写上了日期和地址，又把那封信从头到尾抄在上面。

最少见的是：

她做这一切的时候心平气和，没有任何抱怨，

也没有那种眼中冒火的怨恨。

就这样，她把信又重抄了一遍。

我不知道她是如何处理好那份怨恨的。

我去帮吉莉梳头了。

等我回来的时候，那封信已经写好，

完全是乔莉想要的样子，

一个字也没有漏。

乔莉把信写好了。

我当时真想跳起来为她欢呼雀跃，

就像你们在比赛场上见到的那些啦啦队队员那样。

可我没那么做，因为吉莉的注意力开始让我发愁了。

她的注意力太难集中了，

每次只能持续那么短的时间，容你眨六次眼的工夫。

我跟杰瑞米击掌说了再见，

然后就回家了。

55.

从我认识乔莉起，她就一直坚持说自己什么亲人也没有。

"没有，我就是没有亲人，我跟你说过。"她这样告诉我。

她脸上总是透出一种神态：别再追问这件事了。

她说，她十二岁时住在一个装冰箱的大纸盒里。

第一次来月经的时候，她不知道自己怎么了，

以为自己疯了，或是要死了。

一个女人把她带到女厕里，教她怎么处理。

那是位修道院的修女。她给乔莉解释月经是怎么回事，

告诉她来月经是正常的，

她不会死。

可是，当这位修道院的修女跑去拿纸

想记下乔莉的名字时，乔莉以为

修女想把自己送进收养那些没爹妈的孩子的孤儿院，

所以她溜走了。

"反正我有了她给我的一袋子卫生巾，

我也可以跟其他人一样上下汽车了。

在汽车上，我看着周围的人。

我一遍遍地看着，

心里想要真是修女说的那么回事的话，

这里的每个女人和女孩子都有月经。

我数了一下，汽车上一共有十七个女的。

我在那儿想象这些人加在一起得有多少血。

那可是很多了。你说呢？"

我回答对，一定有很多血。

"你想过那些住在难民营的人，

来了月经会用什么办法对付吗？

我是说其他国家的难民营里的人？"我问乔莉。

当然想过，她回答说。

那些住在大山里的女人；

那些罩着头巾的女人；

还有那些生活在非洲部落里的女人。

她们怀里抱着骨瘦如柴的婴儿，

忍受着饥饿的煎熬，

等不到空降的食品落地就可能死去。

所有这些女人的血，也包括我和乔莉的。

这些血都到哪儿去了？

这些血可是一片海洋啊。

人类这几千年来，

所有女人和女孩子们都一直在流血。

这些血都流到哪儿去了呢?

一定是留在了这块土地上。

我和乔莉静默了好长时间。

突然,乔莉笑了起来,笑得喘不上气,我看她都快被呛住了。

她使劲止住了笑,收住了气,

像是在班上做报告一样,严肃地对我说道:

"这就是为什么人们管地球叫母亲。"

她从沙发上蹦了起来,

身后飞起一串串充填沙发的小海绵球。

她走过去拿她的笔记本。她现在有笔记本了,

是和学校里其他学生一样的三孔笔记本。

她拿笔记本的那个样子,好像还不是很习惯。

那笔记本在她的手上,看着还有点别扭,

不像是一直都属于她。

她去拿笔记本,是因为她得写一篇

关于秘鲁的学习报告。

我问她是不是要写

秘鲁妇女们的血都流到哪里去了。

她吐了一下舌头,

把铅笔插到头发里,

眼睛凝视着笔记本的空白页。

"我该写秘鲁的什么呢？"她说道。

"从出口物资开始吧。"我告诉她。

"不，从人口问题开始，

不，从食品开始。

从这里开始挺好。"我又说。

"不好，还是从那些大山脉开始，

或者从海滩开始。他们那儿有很美的海滩。"

这时她向我投过来一个眼神。

"谁帮我都帮不到点子上。"她大声说道。

"谁给我出主意，都让我更头昏脑涨，不知所措。

要是别人给你的建议总是让你更糊涂，

你怎么能学到东西呢？"她说。

可是，我记得就在前几天，

她自己改正了她写给亿万富翁的信。

所以，我没理会乔莉的抱怨，

走过去抱起吉莉，给她换尿布去了。

我的嘴里又哼起了那首老歌。

56.

"说起来，我还曾经有过一个奶奶。"乔莉说，

也不知碰到了哪根筋，她突然说了这句话。

我们俩正在等杰瑞米上完厕所，

之后我们要一起拿硬币到烘干机那儿去。

"什么奶奶？"我问，但并没有真的想往下探究。

乔莉住所的周围到处都是毒品。

但据我所知，

她一直都很洁身自好，从来不碰毒品。

一次她跟我讲过个中缘由：

她还没来得及思考发生了什么，

就怀上了吉莉。

这是她的原话：

"我当时都没来得及想发生了什么。

你可永远也不能靠近毒品那东西。

它比任何东西都能让你更快地怀上孩子。"

我看着她想道：她真的那么蠢或傻吗？

"你要是吸了毒品，

那东西就会径直进入你的内裤里，

中间绝没有一刻停顿。

而后果就是你会怀上孩子。

因为某个家伙吸毒后看上了你。"

我继续看着她。

"那毒品就是你们叫作性刺激的东西。"她说道。

她又说："它可真的让你的生活进入了高潮：

你在那儿天天都把吃的早饭吐出来；

接着你就把孩子生出来；

而孩子的爸爸则像变魔术一样

从地球上消失了。"

我还在看着她。

"那些毒品让女人怀上孩子，

让男人消失。它是一种魔术般的药物。"

就在几个星期以后，她又突然说起了她的"奶奶"。

她解释说："我说的是一个可以称作老奶奶的人，

一个照顾过我的人。

她总是能让我感受到生活的乐趣，想继续活下去。

她会拥抱我；给我讲道理；

送我上床睡觉；和我玩纸牌。

她就是那样一个老奶奶。

她每天早上都把一粒维他命丸放到桌上。

她把洗干净的袜子放进我的抽屉，

她让我拥有属于自己的浴巾。"

"这么说，你是有亲人的？"我问这个
以前总说自己没有任何亲人的乔莉。
我这么说只是想把事情搞清楚，
并不是要证明乔莉说错了。

她把脸转了过去，
目光盯着地板角落里的一只蟑螂。
"已经没有了。"她说。她继续盯着蟑螂，
接着说道："她死了。"
"她做得最多的一件事，就是梳头发。
她也用刷子刷头发。
她有一把很大的棕色梳子和一把蓝色的梳子。
还有一把黄色的梳子，那是给猫梳毛用的。
她给我梳头的时候，
总是给我讲她菜园子的事。
讲她的豆角，
她种的那些大丽花。
她会不停地告诉我，
应该怎么把豌豆摘干净，
不可以留下一个豌豆粒儿。

我记得她手中的那把黑色的大刷子和她的菜园子，
还有她身上的香波味儿。
就是那种从黄色的瓶子里挤出来的香波。"

杰瑞米上完厕所后我们一起出了房门。
我们像个手拿钢镚的游行队伍，
带着叮叮当当的响声下楼了。
在乔莉的这栋楼里，电梯总是坏的。
你也不想自己一个人去洗衣房，
所以大家就一起去那儿。

乔莉接着给我讲，
那个老奶奶闻着多么清新干净；
老奶奶怎么给她的那些猫梳毛；
那些猫的毛是什么颜色的她也讲给我听。
我知道了其中一只猫是条纹的，
还有一只猫胡须和身上的毛颜色不一样。
她讲这些故事的过程中，我也知道了
她为什么给杰瑞米起这个名字。

"那天我在奶奶的厨房里见到了他。
他当时手里拿着一块甜点，

笑着。他总是不停地笑。

他总是管我叫小老鼠。

他脖子上戴着那个黄色的项链，

你大概从来没见过。

他总是带香蕉来，每次都带。"乔莉说着。

"再告诉我一遍，这是哪个人？"我问。

我那会儿有点走神了。

她刚才讲了太多猫的事了。我们往烘干机里放衣服，

杰瑞米也在那里帮忙。

他一次只扔进一只袜子。

"我说的那个戴黄色项链的人，

是老奶奶照顾过的另一个寄养的孩子。

他那会儿已经长大成人了。但他总是回来看老奶奶。

他干的是翻土的活。

他每次来的时候，老是吃那种带有颤动的红色果冻的沙拉，

或者再加上点儿烤肉，

或是煮肉块什么的。那里面还有些肉汁。

他总是在那儿笑啊，笑啊。

他总是带着一袋子香蕉。

他坐在椅子上，腿上放着一只猫。

那猫总是蜷曲着身体在他腿上睡觉。

他管我叫小老鼠。"

"他干什么？"我问，"他翻什么，这个大人干什么？"
"他是开翻土机的，"乔莉回答说，"他的名字叫杰瑞米。"
听乔莉讲这个过去的故事时，
我发现了她小儿子的名字是怎么来的。
原来，乔莉在他那儿找到了这个名字。
那是她对曾经有过某个亲人的记忆，
或者说还有像父母一样的亲人时的记忆。
带着颤动的红色果冻的沙拉；
他们在厨房里的笑声；
他脖子上戴着的黄色项链。
"他翻的是花园和菜园里的土，用一种机器。
那机器把地上的土打碎后再弄平整，你才能往里种东西。
土是需要翻的，
不然你的地里就不长东西。"

杰瑞米把烘干机的门用力关上的时候，
吉莉大叫一声，哭了起来。
这回我知道了，乔莉原来知道菜园里的事，
也知道该翻土。
她的过去再也不是一片神秘的空白了。

"可是，那位奶奶死了。"乔莉说。

我说我很为她难过。

我们一起从洗衣房上楼回到她家。

"她有一件带着家谱的 T 恤衫，

上面用针线缝着所有人的名字。

那些人都是被她照顾过的孩子，一共有十一个。

我也在上面。她是用粉色的线把我的名字绣上去的。"

乔莉说着，

一边用尿布把吉莉鼻子里流出的一块绿色的东西擦掉。

乔莉沉浸在回忆中，她的声调和平时很不一样，

她说话也很慢。

我们往楼上走着，

杰瑞米拉着我的手迈着大步行进。

"那个人，是我见过的最好的男人。"乔莉说。

"他翻土回来，

在厨房擦洗完手后，

总是把毛巾折好。"乔莉说。

说到这儿，她停了好一会儿。接着她又开始说了，

"他总是带香蕉来。"

"老奶奶对我说：

'你以后也常回来看我，

就像杰瑞米这样。

你要来看我呀，乔莉。你可千万别忘了你的奶奶。'

然后她就会一边给猫刷毛，

一边在那里笑。

可是，她死了，

我再也没法回去看她了。"

我们回到了公寓，

我一小时的工作也结束了。

在那之后，

乔莉再也没有提到过

她的这些亲人。

Part 4

第四部分

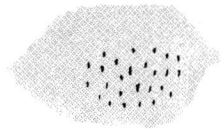

57.

乔莉有一堂课得学游泳，

而且她得带着吉莉一起学。

杰瑞米也和同龄的小孩一起上游泳课。

你可以想象一下乔莉带着她的小婴儿在游泳课上的情景：

她和妈妈补习班上其他带着孩子的妈妈们一起

不停地在游泳池里大声尖叫，

教练在那里给她们讲解，

教她们如何避免溺水。

他们教乔莉和妈妈补习班的妈妈们，

当然是考虑到她们将来都会住到棕榈滩，

有自己的游泳池和管家。

他们是这样跟这些妈妈们说的：

"对，就是为了将来有自己的游泳池和管家时用的。"

那当然都是玩笑。真实的情况是，红十字会有要求。

他们说："我们从一九一四年起就开始教人们游泳。"

乔莉的笔试也包括游泳课，上面标着考试通过的日期。

这门游泳课是有学分的，

算在乔莉从妈妈补习班毕业的学分里。

乔莉需要拿到补习班开设的每一门课的学分。

在游泳课上，乔莉不仅要学会把脸放进水里游泳，

还得学会急救。

因为她是个妈妈，

她不会急救是不能通过考试的。

这样你就可以挽救某个人的生命。

现在乔莉要做的作业有：

会计课，地理课，

营养课，数学课。此外她还要填写

家庭关系表格，

做互动感知练习，

阅读儿童安全知识单。

所以她总是让我考她，

很快，我们俩都知道了，

小孩子受伤的时候

你到哪儿去摸颈动脉，或是臂脉。

她做作业的时候，

杰瑞米总是在一边戴着眼镜

好像是从水下往上看着她。

吉莉则总是在那里 "嘎""嘎""巴"

"木里吾鲁姆"，

用她的话告诉你她在哪儿。

所以，不管她是在床后边

还是别的什么地方，她都会让你知道，

你都能找到她。

58.

乔莉也得知道她的孩子们喜欢吃什么。

这是数学课留的作业，

为了让她学会怎样进行估算。

要估算吉莉吃的东西倒是很简单。

只要估算做奶油糖布丁用的原料就行了。

说真的，做那个布丁用的很多东西让你想一想都会吐。

可是吉莉吃这东西从来都不停嘴。

你可以想象一下她要是闹肚子，那会是怎样一种情形。

最好还是别问了。

要估算杰瑞米的食物就难了，

因为他喜欢吃很多东西，

就连托儿所给的那些

他从来没吃过的东西，他都喜欢。

他们给他吃生角瓜，据说那对他有好处，

还给他切碎的甜菜根和大黄茎。

不过他最喜欢的

可能还是赫氏巧克力糖。所以，乔莉就得估算

杰瑞米这一辈子能吃多少赫氏巧克力糖。

她需要知道一年有多少个星期；

杰瑞米一周吃多少块巧克力糖；

她要把杰瑞米没吃糖的那些星期也加进去，

然后找出一个平均数。

接下去，她还需要给出一个预定的年限，

计算杰瑞米在几年的时间里会积极地吃赫氏巧克力糖。

"积极地吃"这个说法是作业单子上使用的，

"什么叫'积极地吃'？"乔莉问。

我看了一下告诉她，我想，

这也许是说杰瑞米很有兴趣的意思吧。

"什么？"她说，

"他会对吃巧克力糖没兴趣？

有人会对吃巧克力糖没兴趣吗？"

我注意到一点，

就像我以前也曾注意到的一样：

每当我们遇到一种情景，

发现了蒸汽课用的词时，

乔莉和我就会大笑起来。

我更注意到：

我们大笑，不是因为我做了什么滑稽可笑的事。

因为我一直都在那儿上学，

做我的作业，没什么新鲜的。

我们大笑都是因为乔莉，因为乔莉做的那些事。

她让事情变得滑稽可笑，她创造了这种情景。

让我举个例子：

要是数学课的学分等于钱，

乔莉挣的学分都不够买一张汽车票的。

不仅如此，

不是一个，而是两个男人

把她给弄得迷迷糊糊，怀上了孩子。

此外，她还没有父母。

雪上加霜的是，她的阅读也没达到应有的水平，

每个星期四还得去上补习课。

她以为报纸上那位亿万富翁会帮她付房租，

竟然写信跟他要钱。

可这会儿，她却在这里说

没人会对吃巧克力不感兴趣。

数学作业的那个单子不知道这其中的滑稽可笑之处，

可乔莉知道。

我在那里看着她，认识到她在用自己的方法管理自己。

那不是我妈的方法，

但也是一种方法。

或许这个方法不能将她从现在的境遇里解救出去，

但的确也是一种方法。

也许乔莉每每遇到这种情景就会开个玩笑

是错误的，也许这是对的。

我不知道。

乔莉见我在看她学习，

便问我，我的脑子里在想什么。

"你在盯着我这儿的什么东西吗？

或许我是一部电影？"她问。

我决定不告诉她。

"没什么，"我说，"我该回家了。"

我不想告诉她，

我在想她怎么会遇到这么多厄运，

但还会对着数学作业大笑。

"对了，杰瑞米得吃几年的赫氏巧克力糖啊？"她问。

我们看着杰瑞米，他正站在窗户边，

扒着还没长出柠檬树的花盆里的土。

乔莉对他说：

"杰瑞米，你几岁的时候会

不喜欢吃赫氏巧克力糖啊？"

他没有回头。

他唱道："柠檬，开花，柠檬，开花。"那是他的歌。

屋里没有别的声音，只有他对着那盆土壤唱歌的声音。

这时的乔莉——我看了她一眼，

她一脸茫然地望着数学题，在那里思考着。

突然她慢慢地轻声说道：

"杰瑞米有一天会死的。"

她的那双眼睛向下看着，继续说道：

"他只是个普通的人。

他只是个人。"

她想起来我还在那儿，抬头望着我，

好像我可以解决这个问题。

我记起了很久以前的一天，她曾讲过的那个宇航员，

他离开宇宙飞船的绑带，

一个人孤独地在空中。我记得

当时乔莉的双臂在身体的两侧张开，漂移着，

不知去向的样子。

"你知道吗？"她小声地问我，

怕杰瑞米听见。

房间里那么安静，只有我们呼吸的声音。

我不知道该说什么，

我什么也没说，

我也没有任何词可以回答

这个乔莉知道、我也知道但杰瑞米却不知道的事实。

59.

一天放学后，乔莉和平时一样与我碰面，

我去她那做一小时的工。

我一看她的样子就知道了，

我在那儿待的时间会不止一小时。

这是她的脸告诉我的。这一次是她那门父母技巧课的老师。

现在乔莉再也不像以前那样因为喜欢某个老师而兴奋了。

这点我已经明了，所以我仔细听她讲。

"她今天给我们讲了这个故事，是关于一个盲女人的。

故事发生在一个离我们很远的某个国家的某个地方，

那里没有任何医疗服务设施。"

我继续听着。

"这个女人又瞎又穷，

全靠给人家在大石头上洗衣服为生。

你见过吧，就是有的地方人们在河边洗衣服。

这位盲女人有一帮吃不饱的孩子。

她见孩子们挨饿，便拿着她的那根探路的旧棍子，

敲打着小城的硬土地，

出去给他们买东西吃。她想给她的孩子们买个橘子，

帮他们补充一些维他命。

她买橘子的钱是靠洗衣服挣来的，

只够买一个橘子。

她只能让孩子们分这一个橘子吃。

她就这样带着钱去了街上的市场。

大街上人来车往，非常杂乱，

她差点儿被几个坏小子给撞倒在地。

可是，她还是坚持到了卖水果的市场。

她可以闻出所有水果的味道。

不过，她只想要给她的孩子们

挑一个最好的橘子。

所以，她从手里拿到的几个橘子中

挑出了一个最好的。

虽然她的眼睛瞎了，但她可以闻出来水果是否水分饱满。

她拿出全部的钱买下了那个橘子，

又用拐杖敲打着地面

往家走去。

结果在回家的路上，

她又遇见了来时路上的那几个坏小子。

他们把她绊倒了，她手中的橘子掉了出去。

她的鼻子也被摔得流出血来。

她在地面上摸着自己的拐杖，

样子悲惨极了。

这时候，其中一个男孩子过来告诉她说，

他看见她在地上的样子很难过。

他又说自己只是从这里路过，看见她摔倒了。

她心里知道这个男孩子在撒谎。

但是那个男孩子把她的橘子还给了她，

还把她的拐杖也递到她的手上。

所以，她还是感谢了那个男孩子，从地上爬起来，

敲打着地面回家了。

她不顾自己的鼻子仍在流血，坚持继续往家走去，

去看她正在忍饥挨饿的孩子们。

可是由于她的鼻子在流血，她的嗅觉不灵了，

所以她一直没有察觉那个男孩子对她的橘子做了手脚。

等她回到家里，你猜怎么了？"

我跟乔莉说，我不知道怎么了。

"你猜猜。"乔莉坚持道。

"我不知道，"我对她说，"这个女人流血过多死了。"

"没有，"乔莉说，"是她给孩子们买的橘子出了问题。

她的那个橘子没了。

当她切开的时候，才发现那个坏小子骗了她。

那个坏小子给了她一个柠檬，

而不是橘子。她把水果切开的时候，

才闻到了柠檬的酸味儿。

她都快要气疯了。"

"后来怎么了？"我问道。

"后来吗，你想知道她接下去都干了什么吗？

她先是对自己说自己有多蠢，

在那个坏小子给她水果的那一刻，

她就应该知道这是个什么东西，

就应该清楚这是个柠檬。"

"我刚刚也是这么想的。"我说。

乔莉看着我。

"你记得那个坏小子把水果放到她手里时她的状况吗？"

乔莉现在的这个问题，

就像在学校里他们让你读完一段文章后

给你提的问答题。

"她摔倒在泥土地上，鼻子流着血。"我说，

"她闻不到味了。"

"所以呢？"乔莉接着问，语调有些生硬。

"她还是可以仔细地用手摸摸，

应该能判断出柠檬比橘子个小。"我说。

乔莉看着我，眼里带着谴责的目光。

"人们总是这么评说当事人。"她说道，

"人们总是说，

'你应该知道你拿到手的是个柠檬啊'。"

她用夸张的语调学了这句话。

我开始看到问题的实质。

"要知道，你开始的时候不一定会知道的。"乔莉说，

"很多时候，你甚至会感谢那些骗了你的人。明白吗？

你看到那些人怎么在你摔倒的时候欺骗你，

你甚至都搞不清手里拿的是个柠檬。"

她继续往上添加着蒸汽，这个乔莉在添加蒸汽呢。

"你甚至还去感谢那个人给了你柠檬。

你跌跌撞撞地回到家，

身上流着血，或是带着别的伤痛——

你对自己说，

哎呀，我怎么被那个人骗了，我拿到的是个柠檬啊。

我也太蠢了。

我也太傻了。我真是活该如此，

谁让我这么蠢看不出来呢。"

乔莉继续看着我，

一副气愤的样子，因为她明白问题的实质。

"故事的后半截是这样的。你猜

这个盲女人接着干了些什么？

猜猜。"乔莉接着问我。

她这会儿非常兴奋。

我告诉乔莉我不知道，但我又说，

"她的孩子们都很饥饿，她是瞎子，

她只有一个柠檬。

乔莉，我不喜欢这个故事。

你干吗要讲这个故事啊？"

"因为它讲了一个道理。"她说，

"你知道她接着干了什么吗？

她找到了一点结晶、凝固了的糖块儿，

那是她以前留起来备用的。

她把这点糖和柠檬汁拌到一起，

再加上一些从清泉里取来的干净的水，

做成了甜柠檬果汁。

她把这甜柠檬果汁拿给那些饥饿的孩子们喝。

故事到此就结束了。

而这也就是故事要讲的道理。"

这下我懂了故事所讲的道理。

我想用我的两只胳膊抱住乔莉，
向她表示祝贺。
我为她高兴，高兴她对世上的不公如此气愤。
我为她骄傲，
骄傲她能把这些道理讲得比我妈还要清楚。
她讲的这些远胜过我妈的那种说教和贬低，
胜过她的那种鞭策办法。

可是，我没这么做。我没有拥抱乔莉。
她这会儿太气愤了，我不能拥抱她。
就好像有的砖头本来就很脆弱，
只能拿来砌墙。

吉莉就是选择在那一天——
就好像她一直在地板上躺着，想好了选在哪一天——
开始站起来走路了。
那会儿我和乔莉正在厨房里一起感受着心底的愤怒。
乔莉正在那里收拾着杰瑞米留在椅子上的香蕉渣，

这时候吉莉站了起来。

她的两只脚像是站在船的甲板上那样，

脸上带着惊慌的神色，

不知道她是会摔倒，

还是会飞起来。

60.

就像他们在蒸汽课上讲的那样，我又来精神了。

我的能量也像人们说的那样涌上来了。

我一定要教杰瑞米学数数。

你知道为什么吗？

他说吉莉走了十一步，

那是不可能的，她还站不稳呢。

"乐奔①。"他说。所以，我们就开始练数数。

"这是几个手指头？"我伸出三个指头问他。

"九个。"他说道，

然后从那副厚厚的眼镜后面看着我。

"这有几个羹匙？"我问。

"九个。"他伸出手来举着两个指头说。

我抓着他的两只脚捏了捏问道："这是几只？"

"乐奔。"他很肯定地说。

这位杰瑞米先生，他在脑子里假想着世界。

"不对，这是两只脚。"我说。

"一。"我抓住他的左脚，

"二。"我抓住他的右脚。

----

① 原文为 leben，与 eleven（十一）谐音。

"九，乐奔。"他立刻反过来抓着我的双脚回答道。

我没有放弃。

"你想要九，我可以给你九。"我跟他说。

我从我的社会常识课作业本上撕下来一张纸，

在上面写满了九。

这些九都长着一张脸，一双手和两只脚。

这张纸上，有一大家子的九，什么年龄的都有。

"现在你来给这些九涂颜色吧。"我说道，

又给了他一盒蜡笔。

接着我又马上跑到吉莉那儿。她正在玩炉子的开关按钮，

这是她找到的一个新玩意儿。

我继续教杰瑞米数数，因为我不想让他的无知打败我。

"一个肚脐眼，"我指着他的肚脐眼，

"你妹妹这儿也有一个肚脐眼。"

我指着吉莉的肚脐眼说。

"一支蜡笔。"我把蜡笔举到他的面前，

"两只耳朵。"我指着他的头。

"两只手，两只脚。"我接着指着他的身体。

他戴着眼镜，看上去好像明白了我的话。

可是等我再问他的时候，他还是告诉我他有十一只脚，

一个肚脐眼。

他在那里假装自己没救了，放弃了。

我拿出从家里带来的口袋，掏出里面藏着的东西。

我打开纸巾包着的柠檬籽，告诉他：

"这里有七粒新的柠檬籽。"

我又告诉他："这还有一袋放在花盆里种柠檬的土，

一小把肥料和一点儿给植物吃的食品。"

我们一起把这个没长出柠檬的花盆

变成一个新的花园，未来会长出新的柠檬树，

还有从托儿所拿来的四粒橘子籽。

杰瑞米看着我，脸上流露出疑虑的神情。

他完全有理由对此表示怀疑，因为上次种的就没长出来。

"上次是种花的土壤不对，"我告诉他，

"这次会不一样的。"

说完这话，我差点儿又想摇头否定自己。

因为我知道在那将会充满失望的生活中，

人们可能总是这样告诉他。

不过，杰瑞米先生听完我的话以后，

还是和我击掌庆贺。我们为了共同的过去而击掌庆贺。

61.

乔莉看着信箱等信。

她去邻居家要报纸，

那些报纸上都是烟味。

她想看看那个亿万富翁什么时候会帮她付房租。

我觉得这样做是很难为情的，可乔莉不这么觉得。

她反正总是处于一种濒临绝境的状况，

我猜她不觉得把自己的困境公布在报纸上

比她现在的处境更糟糕。

我不觉得那个亿万富翁会给她回信。

现在乔莉这里的情况是，她知道了盲女人和柠檬的故事，

吉莉虽然不熟悉怎么走路，

但她还是能走。

杰瑞米透过眼镜里的那两汪池水，

四处观察着这个世界。

乔莉大多数时候都能坚持做家庭作业。

他们每天都在家和学校及托儿所之间往返。

这里不再像从前那样，让人觉得一切都要顷刻崩塌了。

我环视四周，

看到被吉莉拽出来的那一堆东西，

看到地毯上仍留着那块很久以前掉在上面的果酱，

现在连蚂蚁都对它没有任何兴趣了。

我在想这里的情形可以变得更糟，

却没朝那个方向演变。

这里的情况就好像一只沉船被一个塞子给堵住了。

我往乔莉那边看了一下，她正用手指翻卷着头发，

在那里做卫生课的作业。

她做作业用的是一支普通的圆珠笔，

和一个普通的笔记本。

我不明白那位亿万富翁要是不到这儿来，

没亲眼看到这一切，怎么会知道这些变化。

你要是没见过这里从前是什么样，

又怎么能评价它现在如何呢。

你怎么能知道这里的一切

不是——现在并没有——更糟糕了？

你怎么能够看出来，

这里的人们也在做着自己的努力呢？

你得亲自来看看才行。

杰瑞米先生跑过来时我正在想这些。

他拿着那本关于螃蟹的书，

书翻开的那页讲的是三条小鱼做邻居的事。

他和我击了一下掌，

告诉我："这里有乐奔鱼，对吗？"

后来的事情是这样的，他们收到了一封写给乔莉的私信。

信中写道：

致杰瑞米和吉莉的妈妈，

听到你正在学习准备完成高中毕业所需的全部学分，我非常高兴。等你寄来你的高中同等学历证书，能够证明你想学习的诚意，你会收到一张支票，作为对你的坚韧的奖励。

这里附上一张小额支票算是给杰瑞米和吉莉的礼物。

从信封里掉出一张五元钱的支票。

乔莉不知道对这位亿万富翁

该感到生气还是高兴。

而我则非常惊讶。

这位亿万富翁还真的读了他收到的信件，而且还做出回复。

报纸上登出来的那些信不是他办公室的人杜撰出来，

用来吸引人们的注意力的。

我和乔莉，我们不知道什么是"坚韧"，

但是，我们俩都很高兴可以得到奖励。

"你的坚韧会得到奖励的。"我们互相说道。

说的时候我们的脸上都摆出亿万富翁的样子。

乔莉还把牙刷举到嘴边充作胡须，

学着亿万富翁在那做演讲：

"我们不会给你这样一个小人物

一座城市，两座城市，

我们要把一切都攒起来，

等你拿到毕业证的时候，奖给你十座城市①。"

---

①原文为 ten cities，与前文 tenacity（坚韧）谐音。

62.

现在来说说我自己吧。

我得选修一大堆不同的课：

选一门教授如何申请奖学金的课，

选一门领导才能课，

再选一门语法强化课，

这样我就可以上大学，将来当个老师了。

真的吗？

嘿，我还真行。

再就是那个被辅导员称作什么的项目，

就是安妮的姐姐所在的那个项目。

幼儿看护实习项目。在那个项目里，

他们教你怎么和小孩对话交流。

说实在的，我的语法的确很烂。

可是我和杰瑞米都能懂得彼此说的是什么意思。

可惜没有一门课能教我如何同死人对话交流。

我想上那样的课。

我想和我爸爸说话。只要一次就行。真的只要和他说一次。

我想问他，要是他还活着的话，

我们是否还会住在我们现在住的地方。

我想问他，

他和我妈生我的时候是不是很爱我妈。

我的意思是，要是可能的话，

他会不会一辈子都和我妈厮守在一起。

我想问他，要是他能再回到这个世界，

会不会帮我付上大学的学费。

我想问他，我应不应该当一名老师。

我想问他，是不是一切都会好起来。

我要问他的问题是不是太多了？

我不想问他是不是很痛。

我不想知道那件事。

63.

我永远也忘不了，
即便我早已远离这里，
即便这个地方已经被推土机给彻底铲平，
我也绝对忘不了，
我永远也忘不了乔莉在和吉莉说
那一句话时的情景。

这一切都只怨吉莉还是个小婴儿。
即便如此，出了这种事你还是会很气愤，
你不知道这火该对谁发。
你只能怨周围的世界。

我永远忘不了，乔莉在和吉莉说
那一句话时的情景。

那天下午吉莉在那儿
以每分钟制造一件麻烦的速度，不停地捣乱。
她刚把火炉的开关打开，
又把搅拌鸡蛋的网勺放进便池里；
刚把杰瑞米那本书中

画着三条鱼的那一页给撕去一半，

又把一瓶"夜间危红"指甲油洒到沙发上。

接着，

她又用她妈妈的圆珠笔

对准电源插销捅进去。

杰瑞米大部分的时间都在自顾自地忙着，无暇顾及吉莉。

吉莉还在胡乱地玩那些乐高，

一会儿把它们放到鼻子上，一会儿把它们往火炉上扔。

可最后出事的是一只塑料做的玩具狼蛛。

那些狼蛛是黑色的，

个个都有很长的、弯曲的爪子和一双笑眯眯的大眼睛。

它们原本应该挂在汽车的挡风玻璃处，

随着汽车的行进而颠簸转动，

挂在那里观望来往的交通。

我本来应该知道；

乔莉本来应该知道；

杰瑞米先生尽管还不到三岁，

也应该知道。

一分钟前吉莉还高高兴兴地坐在地板上，

用她的语言和狼蛛说着话。

可还没等我回过神来，

她就已经口吐白沫，四肢乱踢了。

乔莉拼命地挣扎着，

努力想让吉莉停下来。

你听过婴儿那种嘶嘶的咳嗽声吗，

而且那咳嗽还不是他们自己的声音？

我愣在那里没动。

吉莉的两条腿在那里胡乱地踢着。

她的脸从乔莉的胳膊肘下露出来，满脸惊恐。

那张小脸憋得通红，在那里不停地抽搐。

乔莉弯下身子使劲往她的嗓子眼里看，

然后又把吉莉翻转过去，

伸平了手掌，用力朝吉莉的后背拍打。

吉莉还在茫然地蠕动着，

吱吱地发着那种声音。

接着乔莉又把吉莉翻回来，让她面朝上仰着，

撩起她的衬衫。

乔莉用手指一下一下地压着吉莉的小胸脯，

吉莉则在那里拼命地挣扎着。她的小手四处乱打，

身体红通通的。乔莉的手碰到哪儿，她的就往哪儿打。

乔莉这会儿十分坚定，她的脸上带着那样的神情。

她在打仗，在同被吉莉吞到肚子里的那个东西打仗。

吉莉发出的声音可怕极了。你真不敢相信那声音是真的。

杰瑞米好像知道问题严重，他站在地板上

一动也不动。

乔莉把吉莉又翻转过来，伸平手掌一连四下，

用力拍打吉莉的后背。

然后，又将吉莉翻过来，

用她的两个手指一连四次压挤吉莉的胸口。

接着，她再把吉莉的背朝上，连着拍打四下；

再翻过去压挤她的胸口四下。

吉莉的颜色已经变了。

"给 911 打电话。"乔莉大声叫道。

她声音大得恐怕连 911 急救站的人都能听见。

任何人听到她那样的声音，都会做出反应。

我，赶紧跑去抓起电话。

这时杰瑞米已经在电话边上了。

我像是在看着电影中的场景，

只见电话已经放在他的面前，

他用两个手指朝 9 按去。

他按得很用力，又正确地把手指抬了起来，

我从他手里抓过电话，接着迅速按了

一个 1 又再一个 1。

这会儿吉莉的嘴唇已经变成蓝黑色了。

乔莉将她放在地板上，

她的小脸仿佛深睡的样子，身体里没有一点儿生气——

你大概不想听——她没有一丝生命迹象，

这显然是没有人预料到的一件大事。

911 那边有人接了。

我完全不知道该说什么，

但他们问我的时候，我还是告诉了他们事发的地点，

当事人是谁。

我跟他们讲："这里有个小孩，她浑身发蓝。"

他们马上做出反应。

这时乔莉坐在地上。

我跟 911 讲话时，

她用一只手托着吉莉的下巴，

对着吉莉的鼻子和嘴吹气。

接着，她又把手指放到吉莉那小胖胳膊的上部。

她在那里按了一会儿，

说道："还有脉搏跳动，但是已经没有呼吸了。"

她马上又对准吉莉的嘴和鼻子，

往里吹气。

我对 911 那边的人重复了她的话：

"还有脉搏跳动，但没有呼吸了。" 911 的人问我

现场有没有持急救证书的救护员。

"没有。"我还没懂那是什么意思就给出了回答。

但我马上记起来，乔莉的作业中曾经讲过臂脉。

于是，我停在那儿不知道该说什么了。

我看着乔莉的头在那儿前后慢慢地晃着，

一前一后有规律地动着。

她往吉莉的身体里吹气，再从侧面察看她的胸口。

"快来救人吧。"我对 911 那边的人说，我又催了他们一遍

让他们快点儿来。

911 的人说，已经有人在赶来的路上了，很快就会到，

我应该在电话上守着，

听他们指示我该怎么做。

乔莉的手指又放到了吉莉的臂脉上，

这回她说道："我摸不到脉搏了。"

马上又转过去给吉莉吹气。

我把乔莉说的话告诉了 911 的人：

"她摸不到脉搏了。"

他们对我说，他们得在电话上一步步给我指示。

他们先告诉我，得把小孩的头往上抬起一点儿，

但是不能太高，

让孩子的呼吸道保持通畅。

然后再像乔莉已经开始做的那样，给孩子吹气挤压。

我告诉他们，刚才他们问我的时候，

我不是想说这里没人受过急救培训，

我是想说乔莉还没参加资格考试，

还没有拿到急救资格证书呢。

我告诉他们，乔莉在把她的两个指头放在孩子的胸口上，

她在往下挤压。

她又在往孩子的鼻子和嘴里吹气了。

乔莉做着在学校的急救课上

学到的那些必要的步骤。

911 的人再次告诉我，

救护车正在路上，要我们继续坚持对孩子的抢救。

他们问我

有没有人能到外面迎接救生护理员。

我也不知道该怎么回答。

但我还是说会有人去的。

吉莉的身体静静地停在那儿。

杰瑞米盯着吉莉，手抓着乔莉的胳膊不放。

乔莉还是继续做着她那套急救动作。

她现在就像一架机器，

给吉莉吹一口气，挤压她的胸口五次，

吹一口气，挤压她的胸口五次。

她就这样重复着。

摆在面前的未知数，简直让你想大声尖叫起来。

就在乔莉前后两次对着吉莉吹气的空当，

她对吉莉说了那句话。

她说那句话的声音，我从没在任何人那里听过。

那声音就像是一只动物正在黑暗中的某个地方，

独自竭尽全力地想找到一条出路。

她发出了这样的声音，

那声音清楚极了，我这辈子都没有听过这么

清楚，又这么轻柔的一句话：

"呼吸呀，吉莉。"

阳光从窗外往里照着，

911 的人在电话的另一边说着话，

我知道这个世界在照常运转着。

可是我们面前的吉莉，却像个陌生人一样停在这儿。

她甚至都不能算是在这里。

乔莉接着给吉莉吹气，挤压胸口。

我琢磨着吉莉的身体里是什么样子。

那里一片漆黑吗？

我不知道吉莉是否听到了

她妈妈说的那句话。

时间就这样流逝着。

乔莉再也没说第二句话。

屋子里只有她给吉莉往鼻子和嘴里吹气的声音。

这声音持续着。

突然一声呕吐的声音爆发了出来——

口吐东西的声音。

奇迹在晃动着吉莉的脖子——

她腹中的东西出来了，蜘蛛的腿跳了出来。

呕吐——活人的呕吐——

我们都跳起来看着，

吉莉用舌头往外吐着，又像从前那样声嘶力竭地尖叫着。

911 的人继续说着："你们在听着吗？你们在听着吗？"

我赶紧跑出去迎接救护车，

当然我是跑下楼梯的，

因为和多数时候一样，电梯是坏的。

救护人员已经到了。

他们立即跟着我跑上了楼。

这些人穿着制服，

手中拿着救护用品，

不停地说着话。

他们观察了一番四周的环境，

便开始处理还在哭喊的吉莉，以及她的妈妈。

吉莉的妈妈此刻还在地上，

手指插在吉莉吐出的那摊稀乎乎的东西里，

好像在试探水温。

他们中的一个人试着去摸吉莉的臂脉，

问了乔莉很多问题。

乔莉一直在地上跪着，

手指插在那摊呕吐的东西里一动不动，

在那里回答着他们的问题。

她在那里喘着粗气，显然是累极了。

我在那儿尽量想让杰瑞米明白这里发生了什么。

同时我也得把这边的情况告诉 911 的人。

我不知道那些人具体做了什么，

只知道他们说吉莉得去医院，乔莉也得跟着去。

"她需要做个神经系统的检查。"

救护人员中的一个对我们说。

"我们不知道她是否吸入了什么东西。"

另一个救护人员说道。

我们都出门走下楼梯。

这一切好像是别人生活中的事。

因为对乔莉这样一个只有她和两个小孩的家庭来说，

这么严重的事好像让人无法承受。

我们一行七个人排着队走下楼梯，

其中一个被抬在担架上，在那里哭喊着。

救护车的警笛招来了一大群围观的人。

这会儿我们都成了围观的对象：

救护车上的那些设备，

走在吉莉担架边的乔莉，

还有她紧紧注视着吉莉被抬上救护车时

所特有的那种眼神。

一个救护人员把手伸向乔莉。她盯着这只手，
不知是什么意思。
这个救护人员又朝车上挥了挥手说：
"上来。"乔莉听从吩咐，也进了救护车。
乔莉隔着玻璃对杰瑞米和我说了些什么，
我们没听清。
救护车的发动机响了，车开始移动了。
现在要由我来负责帮助杰瑞米面对失望，
给他讲解今天的突发事件是怎么回事了。

64.

吉莉和乔莉被救护车带走了。

杰瑞米和我手拉着手站在路边，

周围都是看热闹的人。

这些人突然间都对乔莉的生活产生了兴趣。

杰瑞米先生困惑极了。

他对医院一无所知，

他根本也不可能记得自己在医院出生时的情况。

"吉莉在卡车里睡午觉"，

是他现在唯一能搞清楚的概念。

我听着人们在那里小声地嘀咕着杰瑞米有多可怜，

他的妹妹又多可怜。

我压根就不相信。

我的反应连我自己都感到吃惊。

或许我以前会同意这种说法，但是现在我不这样认为了。

那些认为乔莉无知且背运，不把她看在眼里的邻居中，

有几个人

能在这样一个阳光灿烂、世界照常运转的下午，

跪在地上

将他们险些被呛死的孩子救活？

戴着深度眼镜的杰瑞米同样不能被小看。他还没到三岁，
就能在电话上按出 9 来。
他这会儿用力拽着我的手，
想让我和他一起绕到街角的那边
去看沿街开走的那辆救护车。

"杰瑞米，你在电话上按出了 9。"我对他说道，
同时将他从外往里拽，让他离马路远些。
"你干得很棒，你真聪明。"我夸奖他说。
"当然了。"他踢着不知从谁的垃圾箱里
掉出的一块鸡骨头，一边说道。
"你干得很棒。"我又告诉他一遍。
"当然了。那是乐奔。"他告诉我。
我朝他指的方向看去。
那里有三条狗正在垃圾箱边上转着，嗅闻着。
其中一条像是怀了孕，肚子鼓鼓地向下坠着。
"三条狗，"我对杰瑞米说，"一个垃圾箱。"

忽然一下子，我不想回到乔莉的房间里。
不是因为吉莉吐的东西——

不是因为那个。我从上向下往杰瑞米的眼睛深处望去。

他问我："吉莉在卡车里睡午觉？"

我说是的。我又想起救护人员说的话，

"他们得给吉莉做神经系统的检查。"我想到了乔莉，

她得坚持住，不断地坚持着。

我们回到了乔莉的客厅。

我很快地在吉莉吐东西的地方洒上肥皂水，

用一块毛巾把那个地方擦洗干净。

因为我想带杰瑞米离开这儿，

所以只用了五分钟就清理了吉莉弄脏的地方。

我给我妈的办公室打了个电话，

告诉她杰瑞米要到我家来，

没准还得在我家过夜。

我妈说没问题，

但她的音调却像是笃定乔莉又做了什么蠢事。

"我们现在就去了，告诉你一声。"我对我妈说道。

我感觉自己很可能就要出言不逊了，

赶紧跟我妈说再见。

我给杰瑞米装了一个袋子，里面放进他的毯子，

他的玩具卡车和两本书。

他说当然了，他很想去看我家的房子。

我给他解释说，吉莉能去一个很好的大医院，

杰瑞米也应该去个什么地方。

我们要去坐汽车。

他可以帮我拎装他衣服的袋子。

那个袋子是我在水池底下找到的一个食品袋。

我给乔莉留了个条子，

这样她就会知道我们在哪儿。

杰瑞米跟汽车上的两个乘客讲吉莉呕吐的事。

他说吉莉去卡车上午睡了，

他的妈妈打了吉莉，还往吉莉的脸上吹气。

我肯定不会像杰瑞米这样讲述这件事。

但我没吱声，只是坐在那儿，

听着那两个女人夸奖杰瑞米坐得有多么笔挺，

像个很好的男孩子。

她们还摇着头说打小孩是一件多么不光彩的事。

要是让我来讲这件事，

我就要讲杰瑞米在电话上按了 9 的事；

讲乔莉没有一刻停下，

坚持在地板上拯救她的孩子，不让孩子死去。

我坐在公共汽车上，手里抓着装杰瑞米衣服的食品袋，

看着悬在车座下的杰瑞米的两条腿

在一前一后地晃动着。

直到该叫他站起来，去拉到站的铃铛，

我一句话也没说。

65.

我把杰瑞米睡觉的沙发指给他看。
我们一起把他的毯子放到上面，
又把他的卡车和他选的两本书拿出来。
其中的一本，就是讲那只螃蟹的。
另一本是关于铁锹和扳子之类的工具书。

我们给我妈讲了那件事的前后情况。
"杰瑞米，你告诉我妈你干了件什么事。"
我坐在厨房里的那个平时跟我妈说话的凳子上，
对站在地上的杰瑞米说道。
自从我记事以来，
这么多年，我一直都坐在这同一个凳子上。
我就是坐在这个凳子上得到我妈的批准，
同意我去给乔莉看小孩的。
杰瑞米头上顶着我妈做饭的锅盖，
在地上转着圈。
"吉莉在卡车里。"他告诉我妈。
压在那个假帽子底下的他，做出了一副郑重的样子。

我妈正在用做饭的叉子戳土豆，

准备把它们放到烤箱里。我跟她说，

"你知道吗，乔莉带着吉莉去上游泳课。

就在那同一堂课上，他们教授了急救知识。

她得学会测量臂脉，

还有那些正确的急救方法。

但是她还没去参加考试呢。"

我妈手里拿着一个土豆，

专注地听我说着。

"可就这样，她今天竟然救活了吉莉，"我告诉我妈，

"两个小时前的事。"

我说的时候仔细地观察着我妈的脸。

她立刻做出了应有的反应。

她对着我，也对着杰瑞米称赞了乔莉。

"你妈妈是个英雄。"

她弯下身子，把这件事告诉了杰瑞米。

我告诉她

那个狼蛛的腿是怎么从吉莉的嘴里被她吐出来的。

我妈听了把眼睛往上翻了一下，再一次称赞了乔莉。

接着我给我妈讲了所有的细节。

乔莉怎么吹气，怎么挤压，

以及杰瑞米怎么在电话上按 9。

我妈听完这些，扔下土豆和叉子，

从地上抱起杰瑞米，带着他转了起来，

说杰瑞米也是个英雄，实实在在地为他而骄傲。

我真的咬着自己的舌头，

不让自己说出谴责我妈的话，

因为她曾说乔莉没有负起责任。

66.

有时，我在想到那段生活的时候，

我记得最真切的，

不是乔莉家下水管的臭味，

也不是她的电视机上跳动的横条。

不是杰瑞米怎么学会了坐便，

甚至都不是从吉莉的嗓子眼里

吐出的那条狼蛛腿。

我在想到那段生活的时候，第一件进入我脑海里的事，

不是我和吉莉坐在浴盆里，

互相往对方的脸上抹肥皂沫；

不是那一次，

我和乔莉为了凡士林的故事笑破肚皮；

也不是吉莉在屋子里满处爬的样子。

有时，当我一个人躺在床上，

眼睛望着天花板上的裂痕，

最先涌进我脑中的镜头

是我妈。

我妈在厨房抱着杰瑞米转圈；

告诉他，他是个英雄；

跟他讲他的脑袋很好使，

那是她的原话；说他像个很成熟的大男孩一样按了 9，

帮助抢救了他妹妹的生命。

尽管好几个月过去了，

乔莉已经不再给我打电话，但我还是会想到这些。

现在乔莉那里有人帮她看小孩了。

那是她在妈妈补习班上遇到的一个叫卡罗琳的女孩子。

那个女孩也有两个小孩。她们互相帮对方看孩子。

有时候我在教学楼的 B 翼过道里能看到乔莉。

她在那儿数着还差多少学分可以拿到高中文凭。

她差得——现在已经差得——不太多了。

她在学习和锻炼面试的技巧了。

学校的校报上，登了一张她带着吉莉的照片，

标题是"我们的学生拯救了自己小孩儿的性命"。

下面用小字写着

"妈妈补习班救护技巧课的学分"。

还写了——

现在，一切都和从前不同了。

我在她的生活中被裁掉了，

因为我是她那不堪回首的过去的一部分。

我是曾经知道乔莉那段悲惨生活的人，我想。

我偶尔也去帮其他什么人

看看小孩——

我找到了一份和梅蒂、安妮一起打扫教堂的活儿，

每周二、周四、周六去。

一次在教学楼的 B 翼过道里，

乔莉故意捅了我一下。

她的眼睛里有那么一小会，闪现着我熟悉的那种亮光。

"嘿，你大概猜不到那片土里长出了什么吧？"

她又捅了我一下。

我看着她，心里一阵发紧。

就像一间正期待有人走进的房间。

我为她捅我的那一下感到十分兴奋，

竟然忘了她讲的土是什么。

我居然在那儿愣住了。大概是我太想听到她的声音了，

我一下子蒙住了。

她的这个举动，又让我想起了我们俩

在她那个又脏又乱的屋子里曾经度过的美好时光。

"你说什么？"我问，真想和她一起再大笑一阵。

什么玩笑都行，都能让我们笑起来。

"我们的那片土里，长出了绿色的植物。
一根小柠檬苗长出来了。"她说道。"再见。"她又说。
接着她就顺着教学楼的 B 翼过道走远了。
她的胳膊下面还夹着那个笔记本。

说来也怪，
在那段时间的各种生活场景中，
我最常记起的，
竟是我妈在厨房里高举着杰瑞米的那一幕。
我在那抬着头，看着被我妈一圈又一圈旋转着的杰瑞米。
他穿着一条不够长的裤子，
两只不般配的袜子，
其中一只还掉进鞋帮里了，
他的衬衫领子都已经穿烂了。
我在想，要是杰瑞米在另一个地方，
甚至是另一个时间，
他穿着新衣服，
衣服的颜色搭配得很协调，他爸爸也在，
那会是什么样呢。

可是现在，这里的这个杰瑞米，

正在用我熟悉的声音大声笑着。

我想，此时此刻的他，

忘记了所有的恐惧和艰辛。这会儿，

他是一个快乐的孩子；

一个飞在空中的男孩子；

他等着吃晚饭。

他带着忘却了一切的喜悦，对我妈大笑着。

我妈抬头看着空中的他，

大张着嘴，将世间所有的称赞都送给了他。

图书在版编目 (CIP) 数据

没有橘子，就来颗柠檬吧 / （美）弗吉尼亚·E.伍尔
芙著；刘丽明译. —— 海口：南海出版公司，2019.6
　　ISBN 978-7-5442-9579-6

　　Ⅰ.①没… Ⅱ.①弗… ②刘… Ⅲ.①长篇小说－美
国－现代 Ⅳ.①I712.45

中国版本图书馆CIP数据核字 (2019) 第050064号

著作权合同登记号　图字：30-2019-072

MAKE LEMONADE by Virginia Euwer Wolff
Copyright © 1993 by Virginia Euwer Wolff
Simplified Chinese translation copyright © 2019 by ThinKingdom Media Group Ltd.
Published by arrangement with Curtis Brown Ltd.
through Bardon-Chinese Media Agency
ALL RIGHTS RESERVED

没有橘子，就来颗柠檬吧

〔美〕弗吉尼亚·E.伍尔芙 著

刘丽明 译

出　　版　南海出版公司　 (0898)66568511
　　　　　海口市海秀中路51号星华大厦五楼　 邮编 570206
发　　行　新经典文化有限公司
　　　　　电话(010)68423599　 邮箱 editor@readinglife.com
经　　销　新华书店

策划编辑　王　丹
责任编辑　黄宁群
特邀编辑　郑夏蕾
营销编辑　李　珊　王　玥
装帧设计　朱　琳
内文制作　杨兴艳

印　　刷　北京盛通印刷股份有限公司
开　　本　850毫米×1092毫米　1/32
印　　张　8.25
字　　数　143千
版　　次　2019年6月第1版
印　　次　2019年9月第2次印刷
书　　号　ISBN 978-7-5442-9579-6
定　　价　45.00元